Ils crevèrent le rideau de pluie, agrippés l'un à l'autre sur la nouvelle moto de Fabien, une Honda CB 1300. Je possède encore le numéro de *Moto Magazine* où mon frère me l'a montrée pour la première fois. Lire aujourd'hui l'éloge de la mécanique sur laquelle il s'est tué : « *Pour convaincre, la CB 1300 met en avant sa finition irréprochable et sa mécanique soignée.* »

Afin de ne pas se mouiller les cheveux, ils avaient gardé leurs casques. Le visage d'Annabel me fut ainsi caché un peu plus longtemps. Je vis ensuite ses cheveux qui retombèrent comme au ralenti sur ses joues. Mon petit frère m'attira dans ses bras. Il était plus grand que moi. Il avait pris l'habitude de serrer les hommes contre lui dans le milieu du cinéma où il disait qu'ils le font tous. Maman, après leur avoir souhaité la bienvenue, demanda où étaient leurs bagages. Dans le sac à dos en cuir noir de la demoiselle. Fabien et Annabel ne restaient qu'une nuit.

Demain, ils avaient une fête à Gambais chez un metteur en scène.

– Je voulais, nous dit Fabien, être avec vous deux la veille de Noël.

Il avait dit vous deux, pas vous. Comme attiré par cette offense qu'il n'avait pas entendue, notre beau-père italien, psychologue à la retraite, surgit du salon. Ancien troisième série au tennis, c'est un fidèle spectateur de la chaîne 142 où les tournois internationaux se succèdent durant l'année.

En quels termes Fabien avait-il parlé de nous à Annabel ? Dans son regard noisette vide, la jeune femme nous comparait à ceux qu'elle avait imaginés. Elle m'impressionna par son silence sans timidité, plein comme un ventre de femme enceinte. Son visage était en cours de finition : nez incertain, bouche instable, menton flou. Elle était de la même taille que Fabien mais c'était parce qu'elle avait de hauts talons. Quand elle serait devenue ma maîtresse et se promènerait pieds nus dans sa chambre, elle perdrait à mes yeux sa qualité de placide géante pour devenir une petite femme rondelette. Ce n'était plus la même personne selon qu'elle était en chaussures ou pas, comme quand les gens enlèvent leurs lunettes pour faire l'amour, on a l'impression de coucher avec quelqu'un d'autre.

Saverio avait une passion, en dehors du tennis, pour les sujets d'actualité. Il lisait plusieurs journaux par jour, dont un ou deux italiens. Il disait que la presse italienne est meilleure que la presse française. Au menu du réveillon, nous eûmes, outre la dinde que notre mère ne faisait pas aux marrons car aucun de nous ne les aimait, les événements de Côte-d'Ivoire, le *bourbier irakien* et les indemnités de Jean-Marie Messier. Je saute l'épisode des cadeaux de Noël, toujours ridicule quand il n'y a pas d'enfants dans une maison. Saverio partit avec Maman pour la messe de minuit au Centre interparoissial Le Chêne de Mambré, rond-point de La Saussaye.

Le grand corps d'Annabel ondulait en silence dans sa robe du soir marron qu'elle avait sortie, par miracle non froissée, de son sac à dos. Pendant le dîner, la jeune femme s'était levée plusieurs fois pour aider Maman, avec la serviabilité propre aux filles de bonne famille et aussi parce qu'elle s'embêtait à table. On a éteint la télé que Saverio avait allumée après le repas. Annabel a proposé de faire du thé. Fabien préférait rester au whisky-Coca. Il marchait au whisky-Coca depuis l'âge de quinze ans et demi. Ça commencerait bientôt à se voir sur sa figure et, quand ma mère et moi lui en faisions la remarque, il disait qu'il admettait d'avance sa détérioration physique, ignorant qu'il y échapperait pour toujours un an et demi plus tard, entrant dans l'éternité avec toute sa beauté. Son visage, grâce au casque Schuberth Concept acheté en même temps que la Honda, n'eut pas une éraflure. À la morgue, Fabien n'avait pas l'air accidenté mais endormi. C'est le cerveau qui, par la violence du choc, a cogné contre le crâne et s'est détruit, cessant de donner des ordres au reste du corps, qui arrêta de vivre.

La fatigue tombe sur Annabel tel un rideau de théâtre. Sa bouche part sur le côté, ses yeux se figent. Il faut qu'elle dorme, sinon elle risque de s'évanouir, peut-être de mourir. Elle monta au premier sans dire au revoir à Fabien et j'en conclus que le couple allait mal. Mais mon frère la rejoignit cinq minutes plus tard et je me retrouvai seul debout dans la cuisine avec une tasse de thé que je regardai refroidir.

On croit que les branches des arbres craquent alors que c'est le bruit de la pluie sur les toits. L'encre de la nuit était encore épaisse quand je me réveillai après cinq heures de sommeil, mon maximum, même en temps normal. Le temps n'était pas normal ? Non. Un poids pesait sur ma poitrine, celui du bonheur. Enfin j'avais un sentiment pour quelqu'un et il ne pourrait pas se réaliser ; je le garderais en moi plus longtemps. Je restai au lit jusqu'à midi. L'ordinateur portable : nouveau compagnon de grasse matinée. J'avais calculé – espéré ? craint ? – que Fabien et Annabel seraient rentrés à Paris quand je me lèverais. Lorsque je descendis à la cuisine, je remarquai que la table était mise pour cinq.

– Fabien et sa copine déjeunent avec nous ? demandai-je à ma mère.

– Ils restent pour le week-end. Quelqu'un les a appelés de Gambais : la maison a brûlé pendant la nuit.

– Il y a eu des morts ?

– S'il y en avait eu, on l'aurait dit à ton frère et à son amie, qui me l'auraient dit.

– Où sont-ils ?

– Ils font des courses à Boissy-Saint-Léger. Tu connais la devise de Fabien : pas une journée sans achats. J'ai l'impression qu'Annabel est comme lui. Tu la trouves comment ?

– Grosse et moche.

– C'est parce que tu n'aimes que les blondes maigres.

Je souris et embrassai Maman, qui est blonde et maigre. Quand nous étions ados, Fabien et moi, on nous disait qu'avec une mère aussi belle nous finirions par devenir gays, surtout mon frère qui lui ressemblait le plus. Moi, j'ai les traits de mon père, qui était moins bien, quand même pas mal. Ce que m'ont toujours dit les filles : je ne suis pas mal. Je suis un type pas mal qui a vécu son enfance, son adolescence, sa jeunesse et une bonne partie de son âge adulte entre deux chefs-d'œuvre de la nature : sa mère et son frère. J'avais l'impression de gêner, par ma présence, l'harmonie esthétique qu'ils installaient entre eux. On les sentait enivrés par l'admiration qu'ils avaient l'un pour l'autre. Ils n'avaient nul besoin de se toucher pour s'unir : un coup d'œil approbateur leur suffisait. Parfois, Maman faisait un compliment à Fabien pour une attitude ou un geste qu'il avait eus. Ou un sourire. Elle adorait la fossette qu'il avait au bout du menton : elle a la même.

À Marolles, Fabien faisait une sieste après le déjeuner. Sa petite amie, d'habitude, la faisait avec lui. Aussi m'attendais-je à ce qu'Annabel restât en compagnie de mon frère et fus-je étonné de la voir revenir dans la cuisine et de l'entendre proposer une promenade à Maman. Après une matinée obscure, le soleil brillait. Annabel aimait marcher, comme moi. Ce qui nous rendit service par la suite, quand nous ne savions pas à quoi nous occuper ensemble : nous marchions. Maman parut étonnée de cette proposition venant d'une jeune femme qui ne lui adressait jamais la parole et répondait à ses questions par monosyllabes. La seule chose qu'Annabel semblait apprécier faire en sa compagnie c'était débarrasser la table et ranger la vaisselle dans le lave-vaisselle. On sentait que la cuisine l'avait adoptée et que c'était réciproque. Tout juste si la fiancée de mon frère ne disait pas à Maman où étaient le sel, l'huile d'olive, les couverts. Maman a pour prénom Catherine et c'est ainsi que je l'appellerai désormais, car je n'ai plus dix ans. Et par surcroît nous sommes fâchés. Quant à Saverio, Annabel l'avait rayé de son champ de vision, sans doute sous l'influence tacite de Fabien et moi. D'autre part, elle ne supporte pas les alcooliques. Ce fut un des motifs récurrents de ses ruptures avec Fabien qui, outre les doses massives de cocaïne qu'il absorbait avant, pendant et après les tournages, buvait beaucoup. Je me souviens comme je déçus Annabel, la première fois qu'elle me vit avec un verre d'alcool à la main alors qu'à Marolles, lors de notre première rencontre, j'étais resté sobre à cause de mes mauvaises analyses d'acide urique, de gamma GT et de cholestérol.

On imagine qu'un sentiment amoureux est partagé, surtout s'il s'agit d'une obsession. Quand on pense tout le temps à une personne, il est invraisemblable qu'elle ne pense pas tout le temps à nous. Le harceleur croit qu'on joue l'indifférence avec lui. Je me suis dit que, si Annabel avait invité Catherine à se promener avec elle, c'était pour me faire comprendre qu'elle avait envie de se promener avec moi. En se rapprochant de ma mère, que faisait-elle, sinon réduire la distance qui la séparait de l'utérus où j'avais été conçu ? J'oubliai, dans mon euphorie, le fait que mon frère était lui aussi sorti de Catherine. Cette phrase anodine – « On fait une petite balade, madame Verbier ? » – résonna en moi comme l'aveu que j'attendais d'Annabel depuis le moment où elle était descendue de la moto de Fabien.

Dans le jardin, je rejoignis Catherine et Annabel, à la grande surprise de celle-ci : « Je me suis dit : zut, le frangin se pointe, on ne va pas pouvoir parler entre femmes », me raconta Annabel par la suite. Marolles-en-Brie est un bourg silencieux. Les maisons sont cachées, les enfants aussi. Même le 25 décembre. Nous habitons rue des Blés. Maman voulait montrer le golf à Annabel. L'air frais et vif semblait lourd à cause de l'absence de bruit. Rue des Maraîchers, rue du faubourg Saint-Marceau, rue Pierre-Besançon. Nous passâmes devant l'Auberge marollaise, fermée depuis. Je sentais une gêne entre Annabel et Catherine, ne comprenant pas que j'en étais la cause. Si elles avaient été seules, la conversation aurait galopé. Je jouissais, stupide et solitaire, de marcher à côté de la petite amie de mon frère. À peine la regardais-je. Je l'ai peu regardée, en cette fin décembre 2003. N'en avais pas besoin pour voir ce que je croyais être l'intérieur d'elle, quand c'était l'intérieur de moi.

L'autre grand moment du week-end furent les courses que je fis avec Annabel au supermarché, le vendredi matin. Fabien était resté au lit et Catherine avait du travail à la cuisine. Saverio allait et venait dans la maison, le *Corriere della Sera* au bout des doigts, cherchant quelqu'un avec qui commenter le nouvel attentat dont venait d'être victime le président pakistanais Pervez Mucharraf.

Je revois Annabel pousser un chariot dans les allées du magasin. Catherine ne nous avait pas donné de liste. « Prenez ce qui vous fait plaisir. » J'ai gardé le ticket que nous délivra, à 11 heures 19, une caissière de l'établissement. Deux boîtes de douze œufs de poule Matines : 1,95 euro chaque. Un Tropicana Pure Premium Ruby Breakfast et le même en multivitamines, le tout pour 4,80 euros. J'ai tendance à acheter les choses en double, comme à faire deux activités en même temps : regarder la télé et lire le journal, courir et apprendre une langue, aimer quelqu'un et le haïr. Il y a huit parfums de Yop, les préférés d'Annabel sont la vanille et fraise/banane. Étaient, peut-être ont-ils changé. La jeune femme est passée avec indifférence devant les yaourts aux fruits Taillefine (0 % de matière grasse) alors qu'elle aurait été mieux avec trois ou quatre kilos en moins. Je me souviens qu'elle a fait l'éloge du Plateau Dégustation Roquefort Société : des années, m'expliqua-t-elle, qu'on s'embêtait avec un improbable emballage en papier alu. Ça m'émerveillait de l'entendre parler, même de fromage. Le supermarché lui avait délié la langue. Je remarque un brie de Meaux (2 euros), une tomette de Savoie (2,9 euros) et deux camemberts Le Rustique (3,74 euros). Est-ce moi ou Annabel qui proposa d'acheter deux blocs de foie gras de canard (28 euros) ? Sans doute moi, puisqu'il y en a deux. Catherine adore le foie gras et Saverio aussi. Fabien disait que c'était la seule chose qu'ils avaient en commun. Mon frère était plus féroce que moi avec l'Italien parce qu'il était plus amoureux de notre mère.

Les blinis étaient en promotion. Je m'en souviens parce que Annabel a dit, en passant devant : « Tu crois que le caviar est en promotion, aussi ? » Le sachet était à 2,39 euros. Aucune trace de caviar sur le ticket, on reconnaîtrait le prix. On a probablement mangé les blinis avec le saumon fumé d'Écosse : 10,60 euros les 300 grammes. Huit steaks hachés (5,50 euros), quatre glaces Mystère (3,25 euros), des asperges vertes (5,40 euros). Annabel a hésité devant une boîte en fer de bonbons Lutti. J'ai insisté pour qu'on achète cette « sélection gourmande » (5,60 euros). Jusqu'au dimanche matin – Fabien rentrait de week-end le dimanche matin, il disait qu'ainsi ça lui faisait deux dimanches, un à la campagne, un en ville –, à chaque fois qu'Annabel prit un bonbon dans la boîte et le mit dans sa bouche, j'eus l'impression que c'était moi le bonbon.

J'avais prévu de rester au lit le dimanche matin, mais j'étais déjà trop amoureux d'Annabel pour perdre une occasion de la voir. La moto attendait, immobile au soleil d'hiver, appuyée sur la béquille avec une désinvolture triste d'assassin. Embrassades sur le perron, conseils de prudence. Annabel me tendit une joue lisse comme une feuille blanche. J'y écrivis mon amour pour elle sous la forme d'un baiser familial. N'allait-elle pas devenir ma belle-sœur ?

Après le départ de Fabien et Annabel, j'insistai auprès de Catherine pour mettre de l'ordre chez eux. Je connaissais mon frère : pas le genre à ranger sa chambre. Je découvrirais bien, dans son foutoir, quelque chose appartenant à Annabel et que je rapporterais à Paris, qui deviendrait pour moi un fétiche, un objet que je serais heureux de retrouver sur mon bureau ou mon oreiller quand je rentrerais du journal. L'endroit était dans un état impeccable. La chaumière des Sept Nains après le passage de Blanche Neige. Sous le lit, même plus la poussière de notre enfance. L'instrument principal des sorcières est le balai, cela signifie-t-il que les personnes qui nettoient leur maison sont mauvaises ? Annabel n'avait laissé, dans l'armoire à pharmacie, aucun produit de beauté. Ni capote ni Aspégic. Je baissai les yeux vers la petite poubelle sous le lavabo. Pleine. Je vidai son contenu dans la cuvette. Deux cotons-tiges : Fabien et Annabel se nettoyaient les oreilles.

Ou alors elle se les nettoyait avec soin et lui pas du tout. Pourquoi ai-je pris un cheveu blond de mon frère et laissé les cheveux châtains d'Annabel, plus nombreux et, sur un plan affectif, plus importants pour moi ? Dans quel recoin du temps la nécessité d'un futur test ADN s'imposa-t-elle à mon esprit ? Des kleenex dans lesquels on s'était mouché mais impossible de savoir si c'était la morve séchée de Fabien ou celle d'Annabel. Sans doute celle de mon frère car il avait été, le dernier jour, enrhumé. Une lame de rasoir Mach 3. Avec quoi Fabien s'était rasé ou à l'aide de laquelle la jeune femme s'était rasée aussi ? Il m'aurait fallu un microscope pour voir la couleur des poils. J'étais à la recherche de tampons périodiques, dont la provenance aurait été indiscutable, mais n'en trouvai pas. Annabel n'a pas eu ses règles pendant son premier séjour à Marolles. Je repérai des morceaux de coton qui lui avaient servi à se démaquiller et en pris un que j'enveloppai dans un kleenex propre, comme je l'avais fait pour le cheveu de Fabien. Je le possède encore, comme le numéro de *Moto Magazine* où il y a la description de la dernière moto de mon frère.

Enfant, j'étais troublé qu'on appelât janvier le mois du blanc. C'est décembre le mois du blanc, celui où on va en vacances à la neige. Janvier est le mois du gris, le gris du ciel sous lequel on retourne à l'école. Je retrouvai Paris où chaque rue pouvait me donner Annabel. Je guettais la sortie des cinémas, des cafés. Je ne savais pas dans quel quartier elle habitait. J'aurais pu appeler mon frère, mais pour lui dire quoi ? « File-moi l'adresse de ta fiancée » ? J'évitais même de lui téléphoner de peur qu'il ne me parle d'elle. Il se plaignait de mon silence. Il tournait un film dans le Tarn, où il s'ennuyait. Il s'égosillait sur mon répondeur : « Le Tarn en janvier ! » Je continuais de faire le mort. J'attendais qu'Annabel vienne à moi sans le vouloir ni le savoir, comme un morceau de bois suivant le cours d'une rivière.

Le blanc, ce sont les draps. Janvier, mois des fantômes. J'attendais d'accoucher d'un monstre : mon premier et dernier amour terrestre. J'arpentais Paris que je sillonne déjà pour mon travail : je suis localier et un localier parisien fait plein de marche. La boutique exhaustive, le restaurant à surprendre, l'hôtel romanesque : c'est moi qui, impavide, vous les indique dans mon journal. Je me souviens de la place des Vosges froide et rouge, le jour où j'y croisai mon frère. Il était à moto. Il avait fini son tournage dans le Tarn, voulut qu'on déjeune ensemble. À 4 heures de l'après-midi, je ne voyais pour nous accueillir qu'Andy Wahloo, rue des Gravilliers. Fabien me prêta le casque Schuberth Concept d'habitude réservé à sa fiancée. Mon premier contact physique avec elle se fit à l'aide de l'objet qui servirait de cercueil au crâne de Fabien car, la nuit de l'accident, mon frère portait le casque de son ex-fiancée et non le sien. Annabel pense que c'est parce qu'il l'aimait encore et moi que c'est parce qu'il ne l'aimait plus. Mon front et mes oreilles chauffaient, rue de Rivoli. Comme s'ils étaient à l'intérieur d'Annabel. Dans son sexe. Nous prîmes la rue du Temple, que nous remontâmes jusqu'à la rue des Gravilliers. Nous nous installâmes chez Andy. Le patron vint me saluer. Quand il reconnut Fabien, ma notoriété s'aplatit comme un chapeau sur lequel s'assoit un obèse. Mon frère me regarda avec une tendresse filiale, l'air de penser qu'on avait tous les deux réussi, même à ne pas se fâcher.

On commanda du thé à la menthe, des gâteaux. Un repas de filles. Les frères sont des sœurs. Fabien me raconta son tournage. Il avait la mine chiffonnée des lendemains de cuite ou de coke. J'avais l'impression que plus il était connu, plus il prenait de drogue. Le film était un western régional : guérilla itinérante de paysans et de colporteurs à la fin du XIXe siècle entre le rocher de Cingleros, le Point sublime et le roc des Hortous. J'avais compris Hutus. Saverio nous avait beaucoup parlé de la tragédie du Rwanda neuf ans plus tôt. Il disait que les Tutsis n'avaient pas eu de chance avec les médias européens, leur massacre coïncidant avec la guerre en Bosnie qui se passait plus près.

Les acteurs du film étaient logés au château de La Caze, sur les bords du Tarn. Fabien avait couché avec le second rôle féminin. Ils avaient été photographiés par un client de l'hôtel alors qu'ils étaient en train de s'embrasser dans le parc. La photo avait paru lundi dernier dans un magazine people français.

– Le portable a transformé tout le monde en paparazzi, se plaignit Fabien.

– La réaction d'Annabel ?

– Elle gueule.

– Vous avez discuté ?

– Toute la nuit du lundi au mardi et toute la nuit du mardi au mercredi. Tu ne vois pas la tête que j'ai ?

– Tu t'es drogué ?

– Comment tenir, sinon ? La journée, je suis en postsynchro à Boulogne, moi.

– Embrasser une fille dans un parc, aussi.

– Des fois, j'oublie que je suis célèbre, que je passionne les gens.

– Et les conséquences ?

– J'essaie de recoller les morceaux avec Annabel, mais c'est difficile et je ne suis pas sûr de vouloir y arriver.

– Tu ne l'aimes plus ?

– Elle me fatigue. Elle est antitabac, antialcool, antidrogue.

– Antisexe ?
– Pour le sexe, il y a mieux.
– La fille du Tarn ?
– Par exemple.

Déjeuner du dimanche à Marolles. Entré dans une maison vide, Catherine et Saverio étant à la messe. Ma première visite depuis Noël. À chaque fois que je revenais ici, je pensais à mon père, de son vivant déjà effacé. Il se glissait dans les pièces, se posait sur une chaise, disparaissait tel un nuage.

Au retour de l'église, Saverio avait les yeux brillants comme s'il avait pleuré ou allait le faire. Il m'invita à prendre l'« apéro ». Il employait volontiers des mots familiers ou argotiques : boulot, emmerde, vacherie, pèze. C'est, dans l'esprit des étrangers vivant en France, le signe d'une connaissance approfondie de notre langue. Nous nous installâmes dans le salon.

– Fabien arrive à quelle heure ? demandai-je.

– Il ne vient pas. Il a téléphoné avant-hier soir.

– Vous auriez pu me prévenir !

– J'y ai pensé, mais Catherine s'est dit que, du coup, tu lui ferais faux bond, toi aussi. Ton frère et

Annabel sont partis en week-end à Rome. Ils auraient dû aller à Venise. C'est le carnaval.

– Ils restent ensemble ?

– Ils devaient se séparer ?

– Après l'affaire du Tarn, il y avait eu de l'eau dans le gaz. Annabel n'a pas apprécié d'être cocue. De son côté, Fabien en a assez d'elle. Elle l'empêche de boire, de fumer, de se droguer.

– Ce qu'elle fait de mieux. La chose qui me gêne pour ton frère et surtout pour sa carrière, c'est la mollesse de sa fiancée, son vide, son inculture. Elle l'entraîne vers le bas alors qu'il aurait besoin d'une femme qui le pousse. Une intellectuelle équilibrée.

– Une psy ?

– Il y en a de mignonnes. Elles adorent les acteurs. Pour elles, un sujet d'étude passionnant. Le dédoublement de personnalité. Une Française ou une Italienne ?

– Une Française. Il y a assez d'Italiens dans la famille.

– Ça me ferait quelqu'un à qui parler.

– Je te parle.

– Tu me parles mais tu ne m'écoutes pas.

Catherine nous pria de passer à table. Elle avait préparé un couscous de Monastir au cherkaw. On pêche le cherkaw, petit poisson argenté, sur les côtes d'Afrique du Nord. On ne le trouve pas en France où on le remplace par des éperlans. C'était un des plats favoris de Fabien. Catherine avait dû acheter les poissons le vendredi matin, avant que mon frère ne se décommande. Du coup, c'était moi qui profitais du couscous de notre mère. Je préférais son *dchicha soussia*. *Dchicha* est le mot arabe pour semoule. C'est un couscous au jarret de veau, avec des carottes, des navets, des oignons, des courgettes, du chou blanc, des tomates et des courges rouges.

De retour à mon domicile, avenue Reille, dans le XIVe arrondissement de Paris, en face des réservoirs d'eau, je regardai sur Internet les hôtels de luxe romains et les appelai, non pour parler à Fabien ou à Annabel, mais pour savoir où ils avaient dormi, quelle vue ils avaient de leur chambre, combien celle-ci avait coûté à mon frère. J'essayai le Hassler Villa Medici, à la Trinité-des-Monts. Sept cent quatre-vingt-dix euros la nuit, c'était dans les prix de Fabien. Pas de Verbier au Hassler. Au De Russie (via del Babuina, où se trouve aussi le Piranesi-Palazzo Nainer, que je n'appelai pas car il est d'une catégorie inférieure) non plus. Mon frère avait peut-être choisi la via Veneto, à cause des boutiques. J'appelai le Grand Hôtel Flora, le Wetin Exelsior, le Rose Garden Palace, le Regina Hôtel Bagliori, le Majestic. Rien. Cette journée allait me coûter cher en téléphone. Par bonheur, on était dimanche. Où Fabien et Annabel s'étaient-ils réfugiés ? Étaient-ils en Italie, au moins ? Je m'obstinai et finis par les dénicher au

Visconti Palace. Près de la piazza Cavour et non loin du Vatican. Trois cent trente euros la nuit. Ça ne sentait pas les retrouvailles enflammées. À moins qu'en prévision du premier tiers provisionnel Fabien ait opté pour un week-end peu cher, mais ça m'étonnait de lui.

Il ne m'avait pas prévenu de leur départ et ne m'avertit pas de leur retour. J'en pris connaissance par Catherine qui me donnait des renseignements sur eux au compte-gouttes. Comme si elle se méfiait de moi. Se doutait-elle de mes véritables intentions envers la fiancée de Fabien ? Ça ne s'était pas bien passé à Rome. Mon frère avait pourtant emmené Annabel dans les plus grands restaurants : l'Hostaria dell'Orso di Gualtiero Marchesi, Agata e Romeo, et même La Pergola. Ce qu'il avait économisé sur l'hôtel, il l'avait dépensé à table. Erreur : les filles comme Annabel préfèrent les belles salles de bains où elles se pomponnent aux bons plats qui les font grossir.

Ni l'un ni l'autre n'était ruines. Ils évitèrent les forums impériaux mais allèrent au Colisée à cause du film *Gladiator*, qu'ils avaient adoré. Ils s'assirent sur les marches de l'escalier de la Trinité-des-Monts. Fabien but des piñacoladas dans les bars du Trastevere, Annabel restant au Coca light. Ce fut l'origine de leurs premières disputes. Il en eut assez de boire seul et elle en eut marre de le voir soûl.

– Le problème de l'alcool est devenu inextricable, dit Catherine. À mon époque, les femmes n'étaient pas gênées par les hommes soûls et les hommes trouvaient normal que les femmes boivent de l'eau.

Regard attendri de Saverio qui leva son verre de vin à la santé de sa compréhensive épouse. Le mauvais temps n'améliora pas l'humeur de Fabien et Annabel, qui rentrèrent à Paris plus fâchés l'un contre l'autre qu'ils n'en étaient partis, chacun regagnant son domicile : Annabel la rue des Batignolles où elle occupait un appartement qui était la propriété de sa mère, et Fabien son loft de la rue d'Enghien acheté en 1993 avec la moitié des assurances vie et décès de Papa, l'autre moitié me servant à acquérir mon logement de l'avenue Reille. Depuis ses récents succès à l'écran, mon frère envisageait de déménager dans le VIIe arrondissement de Paris ou à Neuilly, mais craignait qu'en s'éloignant du peuple il ne perdît une partie de son talent d'acteur.

Le 5 février 2004, soit un an jour pour jour avant de mettre au monde son fils Tom, Annabel laissa un message pour moi au journal. Je regardai pendant un long moment son nom et son numéro de portable griffonnés par une stagiaire sur un bout de papier. Je ne savais pas qu'elle s'appelait Barroso. C'était écrit « *A. Barroso* » et je me souviens d'avoir pensé : pourquoi le Premier ministre portugais veut-il me parler ? Barroso ne serait président de la Commission européenne qu'au milieu de l'été et peu d'Européens connaissaient son prénom (José Manuel). Ça pouvait être Antonio, Alberto, Angelo. Mon hésitation ne dura qu'une minute, tellement le bout de papier, le nom et le numéro annonçaient Annabel, la célébraient.

C'était un appel en apparence professionnel : attachée de presse indépendante, Annabel s'occupait d'un « beau livre » sur le chocolat. Pouvais-je en faire parler dans mon journal ? J'expliquai que la saison des beaux livres était passée, que c'était maintenant celle des beaux livres soldés. Elle me dit que je n'étais pas encourageant. J'en conclus qu'elle avait besoin d'être encouragée pour autre chose et lui proposai de prendre un verre tout de suite avec moi. Elle n'était pas libre. Elle voulait bien déjeuner le lendemain. Elle me laissait le choix du restaurant. N'étais-je pas un spécialiste des sorties parisiennes ? Elle lisait mes articles et se trouvait souvent d'accord avec eux, sauf pour les bars de son quartier : je préférais L'Endroit (67, place du Dr. Félix-Lobligeois) au Trois-pièces-cuisine (23, rue de Chéroy) alors qu'elle, c'était l'inverse.

Depuis le début de la conversation, je comprenais à peine ce qu'elle disait, trop occupé à vivre l'événement que c'était pour moi de l'avoir au téléphone.

Cette fille, que je n'avais pas vue depuis plusieurs semaines mais qui avait occupé tout mon temps, me parlait comme à un vieil ami, un camarade d'école, un collègue de travail. Il y avait, dans l'absence totale d'ambiguïté de notre dialogue, une intensité floue où veillaient mon désir d'elle et son intérêt pour moi. J'avais du mal à raccorder la voix d'Annabel au souvenir que je conservais de son visage, de sa silhouette, ce qui ajoutait à l'irréalité de notre conversation.

Elle ne s'était pas inquiétée de savoir si j'étais libre le lendemain midi, décidant que pour elle je l'étais et le serais toujours à n'importe quelle heure du jour et de la nuit, n'importe quel jour et n'importe quelle nuit. Je décommandai mon déjeuner et cherchai un restaurant dans le XVIIe. Annabel avait ses bureaux rue de Rome. Elle disait ses bureaux, mais il n'y en avait qu'un, à l'entresol de l'immeuble où vécut Stéphane Mallarmé de 1875 à sa mort (1898). Devenu pour moi lieu de pèlerinage, même – surtout – depuis qu'Annabel l'a quitté pour installer ses, car elle en a à présent plusieurs, bureaux à Levallois-Perret, rue Camille-Pelletan.

Arrivée après moi, mais d'une minute. Le déjeuner s'était, au téléphone, transformé en café, puis en thé. Elle avait choisi l'endroit que je n'aimais pas : le Trois-pièces-cuisine. Le ciel était gris et rond d'une pluie non tombée. Annabel était mécontente d'avoir pris son parapluie pour rien.

– C'était comment, Rome ?

– Fabien ne t'a pas raconté ?

Le prénom de mon frère en tête de la première phrase qu'elle me disait. Ç'aurait dû me mettre la puce à l'oreille. Elles étaient bouchées, mes oreilles. Seuls mes yeux travaillaient. C'est caractéristique du début de l'amour. À la fin : les yeux bien fermés et les oreilles grandes ouvertes dans lesquelles se déverse l'hostilité de l'autre dont on ne peut plus voir la beauté.

– Non.

– Il n'a pas arrêté de se bourrer la gueule.

– Le stress.

– C'est moi, son stress ? Dans ce cas, je me casse. Ne veux pas être responsable d'une cirrhose du foie.

– Fabien a toujours beaucoup bu, même avant de te connaître. Sans parler du reste.

– Ça ne m'a pas frappée lors de notre rencontre.

– Tu étais amoureuse.

– Tu as raison : comme j'ai été amoureuse de lui ! La première fois que je l'ai vu, j'ai pensé : je veux et aurai ce type. Je l'ai fait inviter à mon anniversaire par une copine qui bosse chez son agent. À minuit, on sortait ensemble.

Sa voix égarée, insistante et fade découpait mon cœur en morceaux. J'imaginais la tenue portée par Annabel le soir de son anniversaire et lui superposais celle qu'elle avait devant moi : un pantalon et un pull à col roulé. Je me dis que pour séduire Fabien elle avait dû choisir une jupe vulgaire ultracourte. Plus tard, pendant ces longues séances d'aveux au lit propres aux nouveaux amants, elle me dit qu'à son anniversaire comme à notre premier rendez-vous au Trois-pièces-cuisine elle s'était mise en pantalon. Pas le même pantalon, ajouta-t-elle avec un sourire malicieux. Et le haut était supersexy. Elle ne portait jamais de jupe. Elle n'y arrivait pas, même en été. Sortais-je en short dans la rue ? Je n'étais pas une fille. Elle non plus n'était pas une fille. Un garçon ? Non : ni fille ni garçon. Personne. Je comprenais : une personne. Elle me corrigeait : non, personne.

Puis gloussait dans son gros oreiller fabriqué sur mesure, sans doute le seul ami qu'elle ait jamais eu.

– Et aujourd'hui ?

– Je ne ressens plus rien. Je ne comprends pas comment j'ai pu passer sept mois avec ce type. Il n'a aucun intérêt. Je sais que c'est ton frère et que tu l'aimes, mais il n'a pas grand-chose dans la caboche. Il ne pense qu'à lui, ne parle que de lui, ne s'occupe que de lui.

– Il ne fallait pas te coller avec un acteur.

– J'ai été avec plein d'acteurs et ils n'étaient pas comme Fabien. Enfin, pas tous. Pas à ce point-là.

– Plein d'acteurs ? Combien ?

– Cinq, six.

Pourrais-je aimer une fille qui avait été avec cinq-six acteurs ? Six-sept en comptant mon frère. Un moment, j'eus l'espoir que non. Je le perdis quand Annabel ramena une mèche de cheveux derrière sa petite oreille ronde et blanche.

– J'avais pensé, pour l'anniversaire de Fabien, lui acheter un grand miroir de Venise du XVIIIe dans lequel ce Narcisse pourrait s'admirer du matin au soir. J'en ai vu un dans *La Gazette* : douze mille euros. Douze mille euros d'économisés !

– Tu ne lui fêteras pas son anniversaire ?

– On n'est plus ensemble depuis avant-hier.

– Douze mille euros est une grosse somme.

– Si on avait pris un appart à deux, le miroir aurait fait partie de nos meubles.

– Vous ne prenez plus d'appart à deux ?

– Je viens de te dire qu'on a rompu. Tu ne m'écoutes pas ?

– Non. Je te regarde. Tu es la femme la plus séduisante avec laquelle j'aie jamais bu un Perrier.

Entre ce compliment et notre premier baiser, trois quarts d'heure plus tard, devant la station de métro Rome, je ne me souviens pas de ce qui se passa, sinon que c'est moi qui parlais, sans doute des sentiments pour Annabel qu'on trouve dans ces pages. De nouveau Rome. Décrire un baiser Mallarmé. C'était l'époque où je croyais encore Annabel aussi grande que moi. Le ciel n'est nulle part plus vaste qu'au-dessus du chemin de fer de Saint-Lazare, sorti de la tombe parisienne. Je le revois bleu alors que selon toute vraisemblance il était gris ou noir. C'est que je suis souvent passé à cet endroit depuis, angle boulevard des Batignolles, rue Boursault. Quelquefois par un grand beau temps en fin d'après-midi. J'ai embrassé Annabel parce qu'il me paraissait illogique de ne pas l'embrasser, en contradiction avec le moment, l'endroit. La place naturelle de son visage était contre le mien. J'ajustai deux morceaux de bois taillés depuis longtemps – quarante et un ans pour moi, vingt-huit pour elle – dans le but d'être réunis. Mouvement simple et harmonieux qui ne pouvait déranger la jeune femme. Je revois le moment où je suis entré dans son visage. La porte verrouillée des yeux, la bouche presque fermée. Je me demande encore comment, au milieu des éléments hostiles, j'ai réussi à rencontrer sa langue. J'ai dû forcer un passage, comme dans la presse. On ne peut toucher une langue qu'avec une autre langue, ce qui donne au baiser son caractère rare, sacré. Celle d'Annabel, comme ses lèvres, est fraîche, ironique, enfantine. Elle se laissa effleurer puis se cacha derrière le rempart des dents. La jeune femme posa une main sur ma poitrine. Pour me caresser ou me repousser ? Les deux, pensai-je. Je me reculai. Elle eut un sourire de soulagement, l'air de dire : suffit pour aujourd'hui.

Je la raccompagnai à pied devant son immeuble. Lui proposai de monter dans son appartement, sachant qu'elle refuserait.

– Pourquoi me proposes-tu de monter dans mon appartement, sachant que je refuserai ?

Elle lisait dans mes pensées. Parce que c'étaient les siennes ? Elle voulait acheter quelque chose à la pharmacie.

– Des préservatifs ?

– Tu es con.

Elle me dirait souvent que j'étais con, en moyenne trois ou quatre fois lors de tous nos rendez-vous. Je l'attendis dehors. J'espérais encore un baiser et elle me le donna, la tête loin derrière les lèvres. Je lui demandai ce qu'elle faisait ce soir. Elle dit qu'elle avait un dîner. Avec qui ? Une copine. Je n'appelais pas ça un dîner. Qu'est-ce que c'était, alors ? Un dîner avec une copine. Elle répéta que j'étais con.

Elle composa son code et poussa une porte vitrée

derrière laquelle je demeurai immobile, bouleversé par mon malheur passé, mon bonheur présent et ma souffrance à venir. Il était hors de question de rentrer tout de suite chez moi, à l'autre bout de Paris. J'étais comme ces comédiens qui sortent de scène survoltés par les applaudissements du public enthousiaste, ou au contraire ses sifflets et insultes : ils doivent rester plusieurs heures dans une brasserie ou dans un bar pour que leur énervement retombe, leur permettant enfin d'aller dormir.

En marchant comme un grenadier de Napoléon dans le quartier d'Annabel – apostrophé par un fleuriste dont j'avais naguère vanté la marchandise dans ma rubrique : « On hume l'air des Batignolles, Gilles Verbier ? » –, je me dis que la jeune femme m'avait peut-être menti, qu'elle ne dînait pas avec une copine mais avec Fabien. Devant l'église Sainte-Marie, j'appelai mon frère. Répondeur. Ne laissai pas de message. On se voyait le lendemain, qui était un dimanche, à Marolles.

Fabien était déjà installé devant la télé du salon en compagnie de Saverio quand j'entrai dans la maison. Ça ne lui ressemblait pas d'arriver en avance, surtout à un déjeuner familial. Il avait l'air épuisé, son verre de whisky-Coca en équilibre sur une cuisse. Une manie. Je l'avais toujours vu faire ça, malgré les protestations de Catherine. Il n'en avait jamais renversé un. Au journal de TF1, c'étaient les élections au PS grec. Je m'en souviens parce que j'étais en train de penser que j'emmènerais volontiers Annabel en Grèce, quand celle-ci entra dans le salon, venant de la cuisine.

– C'est bientôt prêt, dit-elle.

– Quoi ? demandai-je.

– Le plat que ta mère et moi on a fait.

– Un couscous de Monastir au cherkaw ?

– Non : une *couseïla* de Rafik Tlati.

– Tla*tli*, rectifia Fabien sans quitter des yeux le petit écran – désormais large et plat – où Georgios Papandréou, le fils du fondateur décédé du Pasok, haranguait la foule de ses partisans.

La couseïla de Rafik Tlatli est une paella orientale, la semoule remplaçant le riz. On y trouve ce que les Espagnols mettent dans leur plat national : crevettes, calamars, moules, mérou, mais aussi oignon, ail, piments, et enfin des cuisses de poulet et des côtelettes d'agneau.

– C'est moi, dit Annabel, qui ai coupé le mérou en cubes, nettoyé les crevettes et les calamars avant de les découper en rondelles, puis qui les ai fait revenir cinq minutes dans une poêle avec de l'huile de colza.

– Catherine t'a engagée comme cuisinière ?

– Tu te rendras compte, quand tu viendras déjeuner chez nous à Neuilly, que je suis un cordon bleu.

– Tu as acheté à Neuilly ? demandai-je à mon frère.

Fabien se resservit cinq centimètres de Coca auxquels il ajouta la même dose de whisky et trois glaçons. Je l'avais toujours vu faire un whisky-Coca dans ces proportions et dans cet ordre. Trois glaçons préservaient, disait-il, le foie, argument peu scientifique, confirmé à ce jour par aucun médecin.

– Signé la promesse de vente.

– Quand ?

– Hier après-midi.

Annabel était retournée à la cuisine où on avait sans doute, dit-elle, besoin de ses services. Je jetai un coup d'œil à sa silhouette faussement longue lorsqu'elle se glissa dans l'embrasure de la porte, douleur verticale toujours en pantalon.

– Tu as vendu Enghien ?

– Non.

– Tu achètes à Neuilly sans avoir vendu Enghien ?

– T'occupe.

– Les garçons, dit Saverio, vos histoires immobilières sont passionnantes, mais je préférerais pouvoir écouter les nouvelles du Kurdistan irakien.

Le 1er février, un attentat antikurde avait, à Erbil (Irak), fait cent neuf morts et deux cents blessés parmi les membres du PDK (Parti démocratique du Kurdistan) et de l'UPK (Union patriotique du

Kurdistan). J'en avais assez de ce monde où les gens passent leur temps à se faire exploser les uns les autres. Était-ce pareil avant ma naissance ? Je n'avais plus de père à qui poser la question et ma mère ne s'intéresse pas à la politique. Il fallait que j'aille dire bonjour à Catherine. Je pensais trouver Annabel avec elle dans la cuisine mais celle qui semblait être de nouveau ma future belle-sœur était montée dans la chambre d'ami. Elle avait un coup de téléphone à donner. Pas à moi, donc.

– Fabien s'installe à Neuilly avec Annabel ? Ils étaient pourtant séparés.

– Il faut croire qu'ils se sont réconciliés. Ça te contrarie ?

– Non. C'est une bonne chose pour elle. Pour lui, je ne sais pas.

– Cette fille est adorable. Saverio a tort de penser qu'elle est vide : elle est pleine de choses. Elle a souffert dans son enfance. On a avancé dans notre relation, elle et moi, ces derniers temps. Rien qu'aujourd'hui, en cuisinant ensemble.

La porte s'ouvrit et Annabel entra. Elle eut vers moi un sourire qui disait, une fois encore, que j'étais con.

La veille, j'avais inspecté pendant plus d'une heure ce que je considérais comme mon futur quartier. J'aime le moment où les gens rentrent chez eux, mais peut-être qu'eux ils ne l'aiment pas. L'immeuble d'Annabel se trouvait entre un fourreur et un restaurant indien. Était-ce à L'Étoile du Cachemire que la jeune femme avait dîné, ce soir-là, avec Fabien ? Il l'avait sans doute emmenée dans un endroit mieux. En effet : Guy Savoy, rue Troyon. Au sommelier il avait dit du bordeaux – ça avait amusé Annabel – qu'il était *un peu court*. Puis il avait déplié ce qu'elle croyait être une lettre d'amour ou du moins d'excuse, et qui était la promesse de vente signée pour Neuilly. Il ne demanda pas la jeune femme en mariage mais lui proposa d'emménager avec lui dans son nouvel appartement quand les travaux seraient finis. Ça prendrait cinq ou six mois : il y avait 175 mètres carrés. D'ici là, dit-elle, il avait le temps de changer plusieurs fois d'avis. « Toi aussi », fit-il en levant son verre de bordeaux *un peu court* à leur amour chaotique mais résistant. Après un fondant au chocolat au pralin feuilleté, ils rentrèrent aux Batignolles à moto. Annabel portait son casque qui était un peu mon casque et serait en fin de compte celui de mon frère.

Place Richard-Baret, il y a une agence BNP Paribas. J'y vis un signe favorable à mon amour, car c'est ma banque. Après que j'aurais retiré de l'argent au distributeur, nous dînerions, Annabel et moi, au Cinamon ou au Café Jules. On éviterait, pour nos plateaux-télé, le traiteur chinois Le P'tit bonheur : il n'avait pas l'air bon. Je glissai, sous la grande patinoire du ciel, vers la rue de Rome, au-delà de la voie ferrée. Au rez-de-chaussée du numéro 89, il y a la Centrale du casque. Je me demandai si c'était dans ce magasin que Fabien avait acheté ses Schuberth Concept. Le lycée Chaptal aux fenêtres éteintes ressemblait à un paquebot vide échoué sur le macadam. Les promenades que je ferais entre les arbres nus du boulevard des Batignolles, dans une semaine ou deux. Cette pensée m'a peut-être traversé au moment où mon frère appelait sa fiancée pour l'inviter à dîner : il avait une grande nouvelle à lui annoncer. « Tu es enceinte ? » lui demanda-t-elle, car, elle aussi, elle était con.

Pendant le déjeuner, Catherine et Fabien s'assirent côte à côte en face d'Annabel et moi, la table étant présidée par Saverio et ses habituelles théories sur la mondialisation. J'étais de nouveau ébloui par la beauté de mon frère et de ma mère. Catherine avait l'air si jeune et Fabien si fatigué qu'on ne remarquait plus leur différence d'âge, surtout à contre-jour. Ils se ressemblaient comme un couple marié depuis longtemps ou un frère et une sœur célibataires habitant sous le même toit. Annabel semblait fascinée comme moi par ces deux minces visages aux traits réguliers et aux yeux clairs.

– Notre couseïla ne te plaît pas ? me demanda Catherine.

Quand elle évoquait son pays natal, souvent par le biais de la cuisine, elle prenait l'accent nord-africain, alors qu'elle est petite-fille et fille de militaires français, les Chasseral ayant leur souche dans le Jura depuis le XVIIe siècle et n'ayant mis les pieds en Algérie que pour y imposer l'ordre républicain. Ils n'ont jamais cultivé la vigne ni fait suer le burnous au fellah. Je dis que je préférais la paella. La semoule ne s'accordait pas, de mon point de vue, avec les crevettes. Annabel tourna vers moi épaules carrées, poitrine plate et frange tendre, protestant :

– Quand je pense au mal que je me suis donné !

– Ton plat est délicieux, lui dit Fabien.

– Je savais que, des deux frères, c'est toi le plus gentil, répondit-elle.

Je repoussai mon assiette et me versai du vin.

Saverio avait sorti de la cave de mon père deux bouteilles de château-yquem. Je me dis qu'il était temps pour moi de quitter cette table, cette maison, cette ville, ce pays. Mon petit frère avait fini par m'avoir. C'est le but secret de tous les petits frères avec leur aîné, même quand ils l'aiment. Fabien m'aimait car je m'étais toujours bien comporté avec lui, servant ses intérêts avant les miens, surtout auprès de notre mère qui pourtant avait déjà tendance à le favoriser. Je l'avais écouté, conseillé, aidé, protégé. Depuis la disparition de Papa, je me sentais responsable de lui. Je pense que, s'il est mort, c'est parce que nous avions cessé de nous voir, et donc que c'est un peu de ma faute, même si ce fut de Fabien que vint, quelques jours avant son accident, la décision de notre rupture.

Le dessert avalé, mon frère monta faire sa traditionnelle sieste, Catherine et Annabel se regroupèrent avec enthousiasme autour du lave-vaisselle, Saverio fila au salon pour regarder de nouvelles infos et je me retrouvai seul et désoccupé. Je dis à la cantonade que j'allais faire un tour dans Marolles, ce qui ne m'attira aucun salut ni commentaire. De toute évidence, j'étais le puni de ce déjeuner dominical. Avaient-ils tous compris que j'avais trahi mon frère, même si aucun d'entre eux, à part Annabel, ne pouvait savoir comment ?

Je suivis le même itinéraire qu'en décembre dernier, quand j'avais accompagné Catherine et Annabel dans leur première promenade commune : la rue des Maraîchers, la rue du Faubourg-Saint-Marceau, la rue Pierre-Besançon. Grand foc gonflé d'ivresse, je parcourus presque tout le bourg, soucieux de ne pas rentrer chez Catherine avant d'avoir suscité des questions, des inquiétudes, une attente. Au lieu de revenir sur mes pas à la Ferme aux roses, comme nous l'avions fait à Noël, je suivis l'avenue de Grosbois jusqu'à La Tuilerie. J'aimais marcher dans les rues vides de mon passé, avalant l'un après l'autre les sandwiches de temps qu'elles proposaient à ma gourmandise funèbre. Je me dirigeai vers le Centre hippique d'entraînement de Boissy-Saint-Léger où, enfants, mon frère et moi avions appris à monter. Ça rendait bien service à Fabien quand il devait jouer dans un film historique. J'avais moi-même récemment brillé sur un morab, mélange de morgan et de cheval arabe, animal puissant et musclé, affectueux et intelligent, lors d'un voyage professionnel à Marrakech.

À mon retour rue des Blés, vers 17 heures, la Honda de Fabien se trouvait toujours devant la maison. Dans le salon, Saverio et Annabel suivaient la rediffusion de la finale double-messieurs des Internationaux d'Australie, remportée la semaine précédente par les Français Michaël Llodra et Fabrice Santoro contre les jumeaux américains Bob et Mike Bryan (7-6, 6-3).

– Je t'attendais, dit Annabel. Il faut que tu me ramènes chez moi : j'ai un truc à faire aux Batignolles.

– Et ton fiancé ?

– Il est crevé, il veut encore dormir.

Qu'est-ce qu'elle avait comme truc à faire aux Batignolles un dimanche soir ? Je me dis que Fabien et elle s'étaient encore disputés. Elle n'était pas pour demain, l'installation du couple dans les 175 mètres carrés de Neuilly.

– Aucun problème, dis-je, cachant ma joie

derrière l'air hostile et bougon que je prends au début d'une négociation avec la direction de mon journal où je suis délégué du personnel.

Ça tombait bien : je venais d'acheter une Volkswagen Touran neuve et aucune femme n'était encore montée dedans. Peut-être, me dis-je en ouvrant la portière à Annabel – ce qu'un motard n'aurait pas pu faire –, allons-nous dîner et passer la nuit ensemble. J'avais prévu le restaurant, au cas où les événements se dérouleraient selon mes vœux : le Tokyo Eat, au palais du même nom, avenue du Président-Wilson. Ouvert le dimanche soir, ce qui est rare à Paris. Avec de la chance, on croiserait des têtes connues, ce qui fait plaisir aux femmes, surtout celles qui travaillent dans la communication.

Le silence s'installa entre nous et je pris soin de ne pas le briser, ne sachant pas ce qu'il y avait derrière. Ce soir-là, j'ai aimé les embouteillages de la RN 19. Je me souvenais de tous les dimanches où, revenant de chez ma mère, ils m'avaient fait enrager et me disais que l'amour est la plus forte et la plus folle des drogues. L'intimité s'installe aussitôt entre un homme et une femme qui sont seuls dans la même voiture, comme lorsqu'ils s'allongent ensemble dans un lit, sauf qu'ils ne peuvent pas se déshabiller. La Volkswagen devenait notre première maison commune alors que nous étions encore des étrangers l'un pour l'autre. Limeil-Brévanne,

Bonneuil-sur-Marne, Maisons-Alfort, Alfortville : je ne pourrai plus lire ni entendre ces noms sans songer à la jeune femme assise près de moi lors de notre premier trajet en automobile. On était comme deux coureurs cyclistes en salle : aucun de nous ne voulait démarrer la conversation. Je n'avais pas mis de musique. Déjà j'en voulais au moteur de m'empêcher d'entendre Annabel respirer. Paris se rapprochait. Comme une menace, un malheur. Je compris que ma voisine ne craquerait pas, ne parlerait pas. Je devais me rendre.

– On dîne ensemble ?

– Pas faim.

– Prenons un verre.

– Ni soif.

– Tu es fâchée ?

– Tu as exagéré, hier. Rouler une pelle à la fiancée de ton frère.

– Vous n'étiez plus fiancés. Et pour rouler une pelle, il faut être deux, sinon ça ne roule pas.

– Tu es con.

Je commençais à comprendre que c'était bon signe, quand elle me disait que j'étais con.

– Ça ne te gêne pas de me draguer ?

– Je suis amoureux de toi.

– Et Fabien ?

– J'aime Fabien.

– Ce n'est pas contradictoire, être amoureux de moi et aimer Fabien ?

– Si.

– Tu le reconnais.

– Je peux savoir ce qui s'est passé, hier soir, entre lui et toi ?

Elle me raconta la scène : le coup de téléphone, Guy Savoy, la promesse de vente, la nuit aux Batignolles. Oui, elle m'avait menti : elle n'avait pas de dîner avec une copine. Mais je lui avais fait peur, devant la pharmacie, avec mes yeux *injectés de sperme*.

– Je ne m'attendais pas à ça de toi. Tu parais calme, pondéré. Le gars qui, quoi qu'il arrive, ne bouge pas une oreille. Au réveillon, tu ne me regardais pas, ne me parlais pas. Je pensais que tu n'en avais rien à faire de moi.

– Pourquoi m'as-tu téléphoné, vendredi ?

– Depuis Noël, j'avais envie de te voir. Je ne sais pas pourquoi. Tu n'es pas mon type d'homme. Mon type d'homme, c'est Fabien. Pour deux frères, vous ne vous ressemblez pas. Tu es sûr qu'ils ne se sont pas trompés, à l'Hôpital américain ?

Fabien et moi nous sommes nés à Neuilly où notre père avait repris, en 1963, la pharmacie de ses parents.

– Au plan physique, Fabien et toi, ça n'a rien à voir, ce qui ne signifie pas que tu me déplais.

Elle excellait dans l'art d'alterner le chaud et le froid sans avoir l'air de le faire exprès. Peut-être ne le faisait-elle pas exprès.

– Je te plais ? demandai-je.

– Non.

– Tu m'as pourtant laissé t'embrasser, hier.

– La surprise.

– Deux fois la surprise ?

– L'amusement.

– C'est mieux, mais je préférerais le plaisir.

– N'exagérons pas.

– Si : exagérons.

On était arrêtés à un feu rouge, rue de Douai. Dans quelques minutes on serait arrivés devant chez elle où peut-être elle me dirait au revoir pour toujours. Je tentai de l'embrasser. Elle détourna les lèvres. Le feu était passé au vert et un automobiliste me klaxonna. Je me sentis comme un joueur de tennis après une double faute ou un basketteur viré du terrain pour antijeu. Je pris la direction de la place Adolphe-Max. Quand nous débouchâmes sur le boulevard de Clichy, Annabel dit :

– Hier, j'étais une femme libre. Aujourd'hui, ton frère et moi sommes réconciliés, on va emménager ensemble, sans doute se marier et avoir un enfant ; tu comprends que toi et moi on ne puisse plus s'embrasser.

– Pourquoi as-tu voulu que je te ramène à Paris ?

Elle devait dîner à L'Étoile du Cachemire avec la copine qui lui avait servi de prétexte, la veille, pour ne pas passer la soirée avec moi.

L'aménagement de Neuilly – rue Puvis-de-Chavannes, à trois cents mètres de notre lieu de naissance, à Fabien et à moi – était pour Annabel une perspective radieuse, car elle avait une passion pour la décoration d'intérieur. Mon frère ne requit pas les services d'un professionnel, jugeant que sa fiancée suffirait à la tâche. Sophie a récupéré pour moi, dans les papiers de Fabien, la liste des achats de meubles, d'étoffes et d'objets effectués par Annabel entre février et mai 2004. Elle avait fait la plupart de ses courses dans les boutiques suivantes : Litchi (rue des Écouffes), Dansk Mobelkunst (quai des Grands-Augustins), les Farfelus Farfadets (rue du Poitou), Carrelage des Suds (boulevard Saint-Germain). Chez Litchi, elle acheta des amulettes du Mexique, des papiers votifs chinois, des bijoux en tissu brodé d'Émilie Chaix et des fausses fleurs de David D'Ingeo. Elle trouva, à la galerie danoise, le fauteuil de Werner Hans *Ours* (1954) et le lampadaire en métal laqué d'Arne Jacobsen (1929). Les deux créateurs des Farfelus Farfadets lui imposèrent, dit-elle, une fleur de lys en papier mâché que Catherine, après le décès de Fabien, a récupérée pour Marolles. Notre mère avait toujours pensé à son fils cadet comme à une fleur de lys. Et à l'autre fils, moi, comme à une fleur de quoi ? Au Carrelage des Suds, Annabel choisit les carrelages (carreaux gris argent ultramodernes, mosaïques en pâte de verre rose, zelliges, grès cérame) pour les deux salles de bains et le cabinet de toilette. À Neuilly elle aurait une salle de bains perso. Elle refusait, en revanche, de faire chambre à part. Ce n'était pas, expliqua-t-elle, dans sa culture de couple. Mon frère se fichait d'avoir sa propre salle de bains, propre n'étant pas le mot adéquat, car Fabien n'a jamais pu laisser un endroit propre après ne fût-ce que cinq minutes d'occupation. La plupart du temps, il traînait dans la salle de bains d'Annabel, poussant le sans-gêne jusqu'à se servir du rasoir et de la mousse qu'elle utilisait pour les poils de ses dessous de bras, de ses jambes et de son pubis. Il aurait aimé avoir un endroit pour dormir seul les nuits où il rentrait bourré, drogué, crevé, ou les trois ensemble.

Annabel explora d'autres établissements : Volevatch (rue du Cherche-Midi), L'Heure bleue (rue Saint-Roch), Marie Haour (rue de Luynes), Gypel (rue Jean-Jacques-Rousseau). Elle acheta une armoire à pharmacie en thuya chez Volevatch, un petit bureau 40 et des bouteilles de lait en verre à L'Heure bleue, un fauteuil du XIXe chez Marie Haour et, à Gypel, des cadres pour les diplômes (bac mention assez bien, étoile d'or au ski, nomination pour le césar dans le meilleur second rôle, prix Jean-Gabin) de Fabien, ainsi que les affiches des films dans lesquels il avait joué. Mon frère avait gardé les diplômes mais jeté les affiches, alors au nombre de sept. Annabel les retrouva toutes en chinant dans les boutiques spécialisées des Halles et du Quartier latin ou en se servant directement dans les maisons de production.

Elle avait horreur du blanc. Sans doute en réaction aux chambres d'hôpital où l'avaient fait dormir ses précédents amants plus âgés qu'elle, aux goûts minimalistes de leur génération. Annabel avait une préférence, en amour, pour les quadras et les quinquas. Pour Fabien elle avait fait une exception. On voyait qu'elle était gênée par la jeunesse de mon frère, bien qu'il eût quatre ans de plus qu'elle. Elle le regardait comme un chiot à dresser ou un alezan mal débourré. Dans leur couple, elle se comportait comme l'aînée ou la mère. À la longue, ça a découragé Fabien. Il n'avait pas besoin d'une maman, il en avait déjà une. Avec moi la jeune femme redevenait ce qu'elle avait été avec les autres : une fillette imprévisible, capricieuse, cruelle, insaisissable. Sortir avec un homme plus âgé, pour une femme qui a aimé son père, c'est tremper vingt-quatre heures sur vingt-quatre la petite madeleine des souvenirs dans le thé de l'enfance. J'ignorais alors qu'Annabel n'avait pas du tout aimé son père.

L'appartement de la rue Puvis-de-Chavannes fut envahi de couleurs. Annabel se déchaîna sur les coussins en soie violine, en taffetas de soie orange, en soie vert absinthe, en shantung de soie rouille, en doupion de soie mauve, en taffetas de polyester bronze ou orange. Elle fit aussi une razzia sur les plaids ouatinés ou matelassés, en soie beige ou violine. Même les pantoufles en satin de polyester et viscose bleue à motifs, dans lesquelles je vis avec stupeur Fabien glisser un soir ses beaux pieds délicats – « Fabien et moi avons les mêmes pieds ! » disait Catherine –, apportaient une touche de gaieté sur le sol dont Annabel avait déjà caché le beau parquet cher avec de magnifiques tapis persans hors de prix.

Les travaux presque achevés, les équipements posés, les meubles achetés et pour certains installés, un problème d'argent se posa à Fabien car, outre les dépenses dans lesquelles il s'était engagé avec l'aide active d'Annabel, il n'arrivait pas à vendre la rue d'Enghien. Pour renflouer ses finances, mon frère fut obligé de signer pour trois films, dont l'un serait tourné en Hongrie, l'autre en Savoie et le troisième en Espagne, ce qui le tiendrait éloigné d'Annabel pendant plusieurs mois, éloignement que je comptais mettre à profit pour devenir l'amant de celle qui n'était pas encore – et, en fait, ne serait jamais – ma belle-sœur. L'une des raisons pour lesquelles la rue d'Enghien ne trouvait pas preneur était, selon Annabel, la présence depuis l'été dernier, à une cinquantaine de mètres de leur immeuble, d'un SDF dans un igloo, tente mise au service d'un misérable par l'ONG Médecins sans frontières. Ces mots qui ont changé de nationalité : kamikaze, devenu arabe ; igloo, français. La jeune femme disait que la saleté et la grossièreté du clodo décourageaient les visiteurs. Le sans-abri était toutefois la coqueluche du quartier, surtout depuis qu'une équipe de Canal + était venue le filmer. On le saluait, lui faisait la conversation. Certaines femmes mitonnaient pour lui des plats fins qu'il repoussait d'un grognement aviné. Il détestait, par exemple, le veau. Il évitait les plats en sauce, à cause de son taux de cholestérol, précision qui avait fait rire la présentatrice de l'émission dans laquelle le reportage avait été diffusé. Il avait un problème de cholestérol, comme moi. Il devait avoir mon âge. C'était peut-être un de mes anciens camarades de lycée ou de régiment. Je me promis de faire sa connaissance la prochaine fois que je rendrais visite à mon frère.

Quelques semaines après la mort de Fabien, Catherine a chassé Saverio comme si la présence de l'Italien à Marolles la gênait pour se consacrer au deuil de mon frère. Nous n'avons plus de nouvelles de lui. C'était un grand type maigre aux longs cheveux blancs dont Fabien et moi on n'aimait guère, et notre mère pas davantage, qu'il les attachât en queue-de-cheval quand il bricolait dans le garage, faisait son footing ou nous préparait un plat italien, ce qui arrivait peu souvent, Saverio passant la majorité de son temps installé devant la télé, ses cheveux de vieille Jeanne d'Arc couvrant ses grandes oreilles pleines de poils de loup-garou sexagénaire. Sa pomme d'Adam était si proéminente que nous le soupçonnions d'en avoir plusieurs. Il avait sur la bouche le pli amer de la critique sociale et, dans ses yeux bruns, enfoncés dans les orbites comme au fond de tunnels reliant les Alpes françaises et italiennes, la mélancolie douillette des émigrés ayant trouvé chez nous de meilleures conditions de vie que chez eux, mais regrettant les sons, les couleurs et les odeurs de leur enfance. Catherine disait qu'il avait des mains de pianiste mais elles évoquaient plutôt, pour mon frère et moi, des pinces de crabe à l'aide desquelles l'Italien attrapait depuis quatorze ans toutes les choses ayant appartenu à notre père, parmi lesquelles Catherine. Cependant, nous n'étions pas insensibles à la douceur réfléchie et à la paresseuse tendresse avec lesquelles il traitait notre mère, et il nous émouvait presque quand il nous posait, sur notre vie privée et notre état d'esprit, des questions auxquelles nous répondions soit par un silence amusé et méprisant, soit par des mots d'une ou deux syllabes incompréhensibles, car n'existant dans aucun vocabulaire, pas même celui d'un dialecte piémontais. Nous aimait-il ? Il n'aurait eu aucune raison de le faire. Il me semblait qu'il avait pour la beauté de Fabien la même admiration muette et pétrifiée qu'il avait pour celle de Catherine. Il regardait mon frère se déplacer d'un bout à l'autre de la maison comme s'il assistait à un spectacle de danse. La grâce de Fabien avait quelque chose de bouleversant, elle a du reste bouleversé les foules jusqu'à son accident, et encore aujourd'hui : Catherine, qui s'occupe de répondre au courrier de mon frère mort, y passe trois ou quatre heures par jour.

J'ai dit que Saverio reprochait à la fiancée de

Fabien d'être vide et par conséquent de n'être pas d'un grand secours pour la carrière de mon frère. Nous n'avions pas approfondi la question. Ce mot, « vide », me paraît *a posteriori* suspect. Le vide attire. Il cherche à être rempli. Saverio était-il, comme moi, obsédé par Annabel ? Il n'en laissa rien voir, mais moi non plus je n'en laissais rien voir, ainsi que me l'avait rappelé la jeune femme lors de notre explication dans la Touran.

En dehors de leur passion pour le foie gras, qu'avaient en commun ma mère et son nouveau mari ? Il avait été psychologue, elle orthodontiste. Il ne jurait que par Lacan. « Putain de Lacan ! » s'écriait-il quand il lisait un ouvrage du psychanalyste. Sa référence majeure était une interview que le Maître avait accordée en 1974 à Emilio Grazotto. Rares étaient les dimanches à Marolles où Saverio ne nous en récitait pas un extrait : « *Comment juger Freud dépassé alors que nous ne l'avons pas entièrement compris ?* », « *J'abhorre la philosophie, il y a tellement de temps qu'elle ne dit plus rien d'intéressant* », « *Le névrosé est un malade qui se soigne par la parole, et avant tout avec la sienne* », « *Mes livres sont définis incompréhensibles. Mais pour qui ?* », « *L'homme moyen n'existe pas.* » Donc, je n'existe pas.

Nos plus graves divergences avec Saverio, en dehors du fait qu'il dormait dans le même lit que l'épouse de notre père défunt, étaient politiques.

L'Italien était un altermondialiste, expression bizarre : comment aller dans un autre monde sans changer de planète ? La principale différence de nos points de vue tenait à ce qu'il en avait un, et nous, non. Fabien ne cherchait, dans ce domaine, qu'une chose : échapper à la pression fiscale. Et moi, rien. Dans ces conditions, on ne pouvait que contredire l'Italien à chaque fois qu'il ouvrait la bouche. Il était contre l'intervention américaine en Irak ? On devenait pour. Il s'indignait des attentats de Madrid (198 morts, 1430 blessés) ? On disait qu'Al-Qaïda faisait la guerre comme George W. Bush, provoquant moins de victimes civiles, même en comptant les deux mille et quelques morts du 11 septembre 2001. Il s'indignait de l'assassinat du cheikh Ahmed Yassine, chef du Hamas à Gaza ? Pourquoi, demandions-nous, ne s'était-il pas indigné quand le cheikh ordonnait la mort de centaines d'innocents dans des attentats-suicide en Israël ? Dans le dossier ivoirien, on pataugeait, ça ne nous empêchait pas d'être derrière le RDR d'Alassane Ouatara pour la raison que Saverio soutenait Gbagbo.

À l'occasion de l'aménagement de Puvis-de-Chavannes, l'Italien se révéla un connaisseur des arts de la maison, comme on dit dans ma rubrique. Pour la chambre principale et peut-être bientôt conjugale, il préconisa des murs gris clair et des meubles rouge foncé. Fabien avait pensé à l'inverse – murs rouge foncé et meubles gris clair –, mais Annabel appuya le choix de l'Italien et c'est ainsi que mon frère se retrouva à dormir dans une chambre qui était le contraire de celle qu'il aurait voulue. Raison pour laquelle il n'y resta pas ? Pour la salle de bains, *idem* : Fabien souhaitait un truc ultramoderne comme en avaient ses copains acteurs ou chanteurs du même âge que lui ; mais Annabel préférait une salle de bains à l'ancienne. Encouragée et même quelquefois accompagnée par Saverio, elle passa des après-midi chez les antiquaires pour trouver un lavabo anglais en faïence et une baignoire en fonte. Elle descendit par le TGV en Avignon, d'où elle rapporta le même jour une robinetterie et un pommeau de douche anciens. Une grande partie du déjeuner dominical à Marolles était consacrée aux commentaires des travaux de Neuilly et des achats pour l'appartement faits par Annabel. Cette fille que nous avions connue presque muette était devenue intarissable. Je me souviens d'une longue conversation sur les lampes exotiques de Sera Laftus que la jeune femme voulait avoir dans le salon de Neuilly et dont Saverio semblait lui aussi un amateur. Où avait-il découvert l'existence de cette Sera Laftus qui fabrique des lampes ? Pas sur *Eurosports*. Peut-être parlait-on d'elle dans la presse italienne. Catherine, Fabien et moi on se regardait, vaincus par l'enthousiasme avec lequel Annabel et Saverio, les deux *pièces rapportées* de la famille, avaient pris possession du nouvel appartement de mon frère, l'ancien n'étant d'ailleurs toujours pas vendu.

Quand Catherine commentait avec faveur mes articles, je sentais que c'était pour elle une tentative sans espoir de rétablir un équilibre entre ses deux fils : le doué, mon frère, et le pas doué, moi. Si au moins j'avais écrit un livre !

Elle retrouvait son père dans Fabien alors que chez moi elle retrouvait le mien, qui n'appartenait pas à sa lignée de longs et minces Jurassiens au limpide regard et à la mâchoire triangulaire. Pourquoi l'avait-elle épousé ? Dans mon souvenir, mes parents se parlaient avec une froideur et une distance à la fois inquiétantes et rassurantes, car s'il n'y avait pas d'affection entre eux, il n'y avait pas non plus de conflit : ils ne communiquaient pas assez, et pas assez longtemps pour se fâcher. Selon la légende familiale, développée à mi-voix par nombre d'oncles, de tantes et de cousins, Catherine avait été, peu après son retour d'Algérie, amoureuse d'un peintre iconoclaste et névrosé qui l'avait lourdée avec fracas. Elle s'était alors précipitée sur ce jeune homme de Neuilly à lunettes cerclées d'écaille, rondouillard et souriant, absent et pâle, qu'était Papa. Qui n'en revint pas d'hériter d'un tel canon, raison pour laquelle il parut toujours embarrassé de sa femme, gagnant du Loto ne sachant pas quoi faire de ses pépettes. Quand il arrivait quelque part avec elle – une soirée de pharmaciens ou d'orthodontistes –, il était pressé de la laisser à quelqu'un comme un manteau. Il y avait beaucoup d'amateurs dont le cercle empressé se refermerait sur Catherine tandis que mon père irait siroter un Coca-Cola au buffet. Il ne buvait jamais d'alcool et assurait que le Coca est une boisson saine et énergétique. En tant que pharmacien, il la conseillait même aux enfants. Quand Catherine réussissait à se libérer de sa horde d'admirateurs et venait le retrouver, il la regardait avec embarras, se demandant quel nouveau stratagème il devrait inventer pour l'éloigner de lui, ne pas infliger à l'assistance le contraste désagréable entre l'incroyable beauté de sa femme et son propre physique, insignifiant.

J'admets qu'enfant je n'ai pas voulu plaire à Catherine. Il me semblait que c'était à elle de me séduire. Elle ne savait pas comment faire, tous les gens étant séduits par elle avant qu'elle ait conçu le projet de s'intéresser à eux. Je lui ai longtemps reproché la faiblesse de ses sentiments, puis je compris qu'elle n'avait jamais eu le temps de les développer, occupée à se défendre contre ceux des autres. Trop embrassée, ne pouvait plus étreindre. Tellement regardée qu'elle ne voyait personne. Quand apparut Fabien, elle se jeta sur lui, devinant à ses yeux bleus, à sa fossette au menton et à ses cheveux blonds que c'était un autre elle-même. À deux ils feraient front contre la passion que les gens avaient pour elle et donc auraient pour lui.

J'ai regardé le temps passer sur Catherine, espérant qu'en détruisant sa beauté les années réchaufferaient son cœur, notamment envers moi. Son visage s'est défait avec lenteur, ne se recomposant que pour les grandes occasions familiales – réveillon de Noël, anniversaire (7 février pour Fabien, 13 septembre pour moi, 3 août pour notre mère), célébration d'un nouveau succès de Fabien à l'écran – où elle retrouvait sa lumière d'antan, celle qui avait aveuglé mon père avant de le tuer. On dit qu'il est mort d'un cancer, mais je sais qu'il est mort de ma mère. Seul au milieu de gens, dont je faisais partie, qui ne pensaient, ne s'intéressaient, ne parlaient qu'à son épouse. Catherine avait remplacé sa finissante beauté par une gentillesse explosive. Elle semblait avoir reçu comme mission sur la terre, à soixante ans, de faciliter la vie de tous, y compris la mienne. Mais plus elle se démenait pour les autres, moins elle s'intéressait à eux. Quand elle portait secours à quelqu'un, elle avait la concentration triste et froide de qui défait un nœud. Une fois sa bonne œuvre terminée, elle refusait tout remerciement, comme si elle tenait à ce qu'aucun lien ne se crée entre son obligé et elle. On sentait que son unique désir était de ne plus le voir. Ce qui ne pouvait pas marcher avec les membres de sa famille, raison pour laquelle sa vieille hostilité envers moi finissait par ressortir, surtout quand elle venait de me rendre service.

Pour les petites amies de Fabien, notre mère avait le mépris souriant de l'épouse qui subit avec indulgence et décontraction les incartades sexuelles d'un époux plus jeune, sachant qu'il reviendra au bercail pour se lover dans les bras affectueux, quoique peu charnus, de sa femme légitime. Elle prêta peu d'attention à Annabel, ce que je remarquai à la façon dont elle se mit en quatre pour elle. Puis, quand elle se rendit compte qu'entre mon frère et la jeune femme c'était sérieux, du moins plus sérieux que d'habitude, elle eut un mouvement de recul, ce qui équivaut chez elle à un effort de réflexion. Elle finit par juger Annabel acceptable comme belle-fille, bien qu'elle se plaignît, au début, de son silence, et, par la suite, de son bruit. On ne se doute pas comme les gens silencieux peuvent être bavards. Catherine répétait souvent : « Je préférais quand Annabel ne disait rien. » Saverio constatait, derrière ses journaux du dimanche, qu'elle n'était jamais satisfaite. De mon côté, je ne faisais aucune remarque. J'assistais à l'entente qui se nouait entre ma mère et Annabel, secrète union de deux femmes fortes et folles entre lesquelles mon petit frère périrait étouffé.

Je n'étais pas retourné à Neuilly depuis notre déménagement, en octobre 1981, à Marolles. Papa avait acheté une grosse pharmacie de Boissy-Saint-Léger et notre mère ouvert un cabinet à Sucy-en-Brie. Ni mon frère ni moi n'avons compris leur soudaine passion pour la campagne. On savait juste que Catherine voulait un jardin et que Papa voulait la paix avec Catherine qui ne lui faisait pas la guerre.

La ville a peu changé depuis vingt ans, du moins dans ses profondeurs septentrionales, le triangle délimité, à l'ouest, par Courbevoie et, à l'est, par Levallois-Perret. Toute banlieue est une mélancolie, même chic. Neuilly est aussi la province, la preuve : les écriteaux « Centre-ville ». Ces bus qui roulent à vide car seulement empruntés par des employés de maison, tôt le matin et tard le soir. Il n'y a pas de passants. Neuilly ne passe pas. L'Hôpital américain : centre de torture sur lequel flotte le drapeau US, comme à Guantanamo. L'école Marymont accueille les mêmes jeunes filles riches, mais maintenant elles sont filmées par des caméras de surveillance. À l'angle de l'avenue du Château et de la rue d'Argenson, il y a le parc du Château, long bâtiment en biais à l'intérieur duquel j'ai donné mon premier baiser, le 1er avril 1974. C'était pendant l'émission « Ouvrez les guillemets ». J'avais onze ans et Caroline Lafitte, ma partenaire, quatorze. Mes parents, partis dîner chez les siens, nous avaient laissés avec Bernard Pivot et mon bébé de frère. C'était aussi la première fois pour Caroline. Je profitais de ce qu'elle voulait commencer sa carrière de rouleuse de pelles avec un garçon plus jeune qu'elle, afin de ne pas avoir l'air trop gourde. Aujourd'hui, le parc du Château est vendu à la découpe. Aujourd'hui, en décembre 2006, au moment où j'écris ces lignes. Car je reviens souvent à Neuilly, désormais une ou deux fois par mois. Comme rue de Rome. Ou rue des Batignolles. C'est à Marolles que je ne mets plus les pieds. Interdit.

La rue Puvis-de-Chavannes est une impasse. J'y vis un mauvais, c'est-à-dire un bon, signe pour l'avenir des relations entre Fabien et Annabel. Elle fait face à l'ambassade d'Indonésie. Les fenêtres de l'appartement ouvrent sur le dos d'une poste, bâtiment froid, gris et plat dont la principale qualité est d'être inhabité le soir et le dimanche, tranquille les autres jours. Fabien m'avait invité pour que je me rende compte de l'avancement des travaux, mais c'est

Annabel qui me reçut. On était en avril, peut-être le 1er, ce qui ferait de cette rencontre l'exact trentième anniversaire de mon premier baiser. Fabien avait filé à un rendez-vous impromptu avec son agent : il y avait un problème avec le tournage en Hongrie. Qui commençait quand ?

– Dans une semaine, dit mon hôtesse en pantalon.

– Tu l'accompagnes ?

– Je ne peux pas, je travaille.

– Fais gaffe : les Hongroises sont chaudes. Toujours pas enceinte ?

– Non. Pourtant, on essaie toutes les nuits. Je te fais visiter ?

– Quoi ?

– Tu es con.

Je la suivis dans l'appartement. Leur chambre, celle des enfants. Quels enfants ? Annabel dit qu'elle ne voulait pas mourir sans avoir fait d'enfants.

– Pourquoi veux-tu mourir ?

Elle me dit que j'étais con. Deuxième fois. Son dressing, celui de Fabien, plus grand que le sien. Mon frère et elle étaient aussi coquets l'un que l'autre.

– Le nombre de fringues qu'il a, dit Annabel. Une vraie gonzesse. On ne le croirait pas, quand on le voit sur sa moto.

Un ouvrier était en train d'installer, au plafond de la pièce principale, un large ventilateur de modèle colonial. Annabel était contre la clim qui produit des gaz à effet de serre. Fabien ne pouvait pas se permettre, avec son métier, d'attraper un rhume ou une grippe, et privilégiait les méthodes traditionnelles de réfrigération de l'atmosphère. On visita les deux salles de bains auxquelles Annabel avait accordé toute son attention.

– Vous emménagez bientôt ?

– Dès que Fabien revient de Hongrie, début juin.

– Votre prochaine séparation est prévue pour quand ?

Je m'attendais au désormais rituel « Tu es con », mais, à la place, Annabel poussa un de ces soupirs qui m'attendrissaient parce qu'elle arrondissait alors les joues comme une petite fille ayant fait une bêtise ou voulant montrer qu'elle s'ennuie.

– On s'est encore disputés.

– Aujourd'hui ?

– Tout à l'heure. À ton sujet.

– Tu lui as dit quelque chose ?

– Sur quoi ?

– Sur ce qu'on a fait.

– Qu'est-ce qu'on a fait ?

– On s'est embrassés.

– C'était il y a des mois.

– Le 7 février dernier.

– Quelle mémoire ! Non, je n'ai rien dit à Fabien là-dessus. Tu es con ou quoi ? Je l'ai engueulé parce qu'il ne voulait pas t'attendre. Soi-disant qu'il ne pouvait pas. Son agent, la Hongrie. Le résultat était le même : je me retrouvais seule ici avec toi. Je me retrouve seule ici avec toi.

– Je peux partir.

– Ne le prends pas mal. J'aurais préféré que Fabien soit là. Tu es son frère, c'est son appart.

– C'est un peu le tien aussi, et tu seras peut-être un jour ma belle-sœur.

– Pas gagné. Moi, je ne tiens pas à me marier et j'ai l'impression que ton frère non plus. Le moins qu'on puisse dire c'est qu'entre nous l'entente est loin d'être cordiale. Je ne donnerais pas cher de notre mariage.

– Et du nôtre ?

– Quel nôtre ?

– Notre mariage, à toi et moi.

– Tu te maries ?

– Oui, avec toi.

– Je ne veux pas me marier, je viens de le dire. Et tu ne vas pas recommencer. Sous le toit de ton frère ! Je savais qu'il aurait dû être là. Heureusement qu'il y a l'ouvrier. Allez, arrête ça. Va-t'en. Tu ne m'as pas dit si ça te plaisait, ici.

– Je n'aime guère l'emplacement.

– C'est comme moi. Ton frère a choisi la rue la plus moche de Neuilly. Un cul-de-sac, en plus. Il est con, lui aussi.

La veille du départ de Fabien pour Budapest eut lieu la première aux Champs-Élysées de son nouveau film. J'avais beau voir mon frère à la télévision, l'entendre à la radio, je ne m'étais pas encore rendu compte de son nouveau statut de vedette qui me sauta aux yeux et aux oreilles quand une foule hurlante de fans salua son arrivée, avec Annabel, devant le cinéma. Il y avait un tapis rouge sur lequel ce couple superbe, image de la félicité terrestre, s'engagea avec une grâce empruntée, pour Annabel, d'une modestie et d'une discrétion enchantées, et, pour Fabien, d'un humour royal et sympathique. Je les rejoignis quelques minutes plus tard dans leur rangée réservée. J'étais en compagnie d'une fromagère de mon âge à qui j'avais proposé cette sortie sans arrière-pensée. Annabel portait un pantalon blanc qu'elle me montra du doigt, en gage de sincérité. Elle m'indiquait qu'elle se souvenait de ce que je lui avais dit. Et donc de ce que je lui avais fait. Nous ne nous étions pas revus depuis ma visite à Neuilly qui s'était terminée par une nouvelle tentative de l'embrasser. Laquelle avait échoué de peu : j'avais atteint la commissure des lèvres. Je m'étais excusé en évoquant Caroline Lafitte, embrassée trente ans plus tôt au carrefour boulevard d'Argenson-avenue du Château. C'était en quelque sorte une commémoration. J'avais eu droit à un dernier « Tu es con » que j'emportai dans les rues pâles et vides de mon enfance comme un bonbon Kréma.

J'étais, pendant la projection, séparé d'Annabel par six personnes, ce qui fait douze jambes, pourtant je ne voyais que les siennes brillant dans l'obscurité. Je souffrais de trouver Fabien si beau dans le film, supposant qu'Annabel était elle-même envahie, submergée, engloutie par cette beauté. Pourquoi mon frère avait-il choisi le métier d'acteur de cinéma ? C'était multiplier par vingt ou trente sa perfection physique pour nous l'infliger comme un châtiment. Je tordais le cou pour essayer de l'apercevoir dans la foule. Il se regardait avec froideur, mécontent de quelque chose. Je me dis que ce n'était pas un processus naturel d'augmenter autant de volume sur un écran, et qu'on ne doit pas espérer un comportement normal d'une personne soumise, plusieurs fois par an, à un traitement pareil. Annabel avait l'habitude des acteurs mais, si ça n'avait pas marché avec les précédents, pourquoi cela marcherait-il avec Fabien ?

Au moment où je me disais que j'avais encore toutes mes chances avec elle, la main de la fromagère se glissa dans la mienne. J'avais longtemps échoué en amour à cause de mon frère que mes petites amies trouvaient trop mignon pour se contenter ensuite de moi, maintenant je lui devais la plupart de mes succès, les femmes qui me plaisaient étant heureuses d'entrer, grâce à ma personne, dans l'entourage immédiat d'une célébrité. Ma vie sentimentale avait été si liée à Fabien que je ne jugeais pas incongru, contrairement à Annabel, d'être tombé amoureux d'une femme qu'il fréquentait depuis plusieurs mois et avec qui il s'apprêtait à cohabiter.

Je ne crus pas utile de trouver le film bon ou mauvais puisque je dirais à Fabien qu'il était bon. Nous nous rendîmes, Sophie et moi, dans une boîte de nuit voisine du cinéma, où la production avait organisé une fête VIP. Pour la première fois, je vis le visage d'Annabel s'illuminer quand elle m'aperçut. Elle semblait abandonnée, seule sur sa banquette, personne ne la draguant puisqu'elle était la nana de la vedette. Un regard circulaire ne me permit pas de localiser Fabien pour qui je tenais prêt mon compliment. La jeune femme avait perdu mon frère de vue, elle aussi.

– Il est parti avec quelqu'un qui voulait lui présenter quelqu'un. C'est toujours pareil avec lui. J'en ai marre.

Leur réconciliation, qui m'avait paru évidente lorsque je les avais vus au bras l'un de l'autre sur les Champs-Élysées, magnifiés par les flashes des photographes et les cris de la foule, avait soudain l'air fragile, incertaine. Inventée par Fabien pour les besoins publicitaires du film ?

– Je t'apporte à boire ?

– J'ai eu mon Perrier, je te remercie. Tu me présentes ?

– Sophie, une amie. Annabel, ma belle-sœur.

– Presque belle-sœur.

J'aurais dû présenter Annabel à la première, plus âgée qu'elle, et non l'inverse, mais j'avais involontairement classé les deux femmes par ordre d'importance dans mon cœur. Outre que, ce soir-là, Annabel, dans sa langueur mécontente et usée, semblait plus vieille que Sophie, lisse et toute rose de sa découverte de la jet-set. Je proposai à la fromagère d'aller lui chercher un verre. Pressé, comme naguère mon père, d'abandonner ma compagne, mais aussi bouleversé de constater à quel point Annabel écrasait, assassinait, désintégrait la fromagère dans mon esprit. Ce sentiment était encore renforcé, je devrais dire aiguisé, car je sentais sa pointe percer ma poitrine, par la possibilité d'une nouvelle fâcherie entre mon frère et sa fiancée. Je trouvai Fabien au bar. Il parlait à une fille, c'était du reste elle qui parlait. L'un des avantages, disait mon frère, de la célébrité, c'est qu'on n'a plus à parler. Ni aux femmes, ni aux hommes. Ce sont eux qui parlent. Il me vit et je ne fus pas mécontent qu'il me présentât comme son frère. Je lus sur la figure de la fille : me faire le brother serait un début. Fabien lui demanda de nous laisser, on avait des secrets de famille à se dire. Elle rit et s'évapora dans la foule, laissant, derrière sa silhouette subtile, le souvenir de son regard bleu et doux.

– Annabel te cherche, dis-je.

– Elle n'a pas à me chercher : on est au même endroit. Quand on sort, elle est incapable de rencontrer des gens, il faut qu'elle me colle.

– Elle est peut-être timide.

– Elle est attachée de presse !

– C'est une attachée de presse timide. Il y a bien des acteurs timides.

– Ah ouais ? Qui ?

Je commandai deux coupes de champagne à un barman qui me les tendit aussitôt, pensant que l'une d'elles était pour mon frère. Fabien aussi le crut. Je lui pris la coupe des mains.

– Ce n'est pas pour toi.

– Ce n'est pas pour Annabel, elle a déjà eu son Perrier.

– C'est pour quelqu'un d'autre.

– T'es venu avec une gonzesse ?

Il ne m'avait pas vu dans le cinéma et Annabel ne

lui avait pas dit qu'elle m'avait vu. Ça me donnait une idée du peu de place que je tenais dans leur vie, leurs pensées.

– Une relation de travail.

– Journaliste ?

– Elle a la fromagerie la plus branchée du XVe arrondissement.

– Et la déontologie ?

– On ne couche pas ensemble.

– Tu as pensé quoi du film ?

– Con.

– Comment ?

– Bon.

– Tu as dit con.

– Si tu avais entendu, pourquoi fais-tu répéter ?

– Pourquoi as-tu dit que le film était bon après avoir dit qu'il était con ?

Il rit, moi aussi. Je lui tendis la coupe que je réservais à Sophie. Il la prit sans hésiter et nous bûmes en nous regardant dans les yeux, sans trinquer car on ne trinque pas avec du champagne, ainsi que nous l'avait jadis appris Catherine.

Nous slalomâmes vers le carré VIP de la fête VIP. Deux hommes s'étaient assis de part et d'autre de Sophie, Annabel demeurant à l'écart. Ce spectacle désola Fabien alors qu'il m'enchantait. Dans la distance que la jeune femme mettait entre elle et les autres, je distinguais un espace où m'installer, prendre mes aises. Je me fichais que Sophie se fasse draguer. Elle pouvait partir avec l'un des types, ou les deux. Je ne voyais que la beauté compacte et pensive d'Annabel, soleil évident et négligé. Elle frissonna d'un contentement enfantin quand Fabien s'assit à côté d'elle et lui prit la main, trop machinalement à mon goût et sans doute aussi au sien à elle. Le drame de mon frère était de ne pas voir ce qu'il avait, car il avait tout. N'a même pas vu qu'il était vivant, sinon il aurait pris soin de ne pas mourir. Sophie se rapprocha de moi. Ses deux compagnons étaient partis à la rencontre d'autres femmes seules et faciles.

– Pour les décourager, fit la fromagère, je leur ai dit que tu étais mon mec.

– Tu as eu raison.

– Maintenant, il faut le leur prouver.

Je l'embrassai sur les lèvres avec douceur.

– Ça suffira ?

– Non.

Je croisai le regard de Fabien et sentis que mon frère pensait : bravo, la déontologie. Il y avait sur le visage d'Annabel une stupeur vague et dégoûtée. Elle croyait que je voulais la rendre jalouse, entreprise sans espoir quand une personne n'est pas amoureuse de nous. Nous voir avec quelqu'un d'autre ruinera même nos dernières chances avec elle, car ayant refusé nos avances, toute autre qu'elle les acceptant ne pourra être que méprisable à ses yeux ; du coup elle nous méprisera non seulement de ne pas être capable de sortir avec elle, mais aussi de sortir avec quelqu'un qu'elle méprise. Repousser Sophie après ce premier baiser n'était pas non plus une chose à faire : j'aurais eu alors l'air de ne pas respecter mes choix. Ainsi que d'un homme qui traite mal les femmes. Or, je sentais chez la fiancée de mon frère une entente et une solidarité instinctives avec les autres femmes. Annabel s'était rapprochée de notre mère en quelques rencontres espacées au cours desquelles elles n'avaient échangé que de courtes phrases banales. J'embrassai encore Sophie, bien que j'en eusse peu envie : l'envie que j'avais, c'était d'embrasser Annabel. J'avais conscience de perdre 90 % de mes chances avec la fiancée de mon frère, moi qui en avais déjà si peu. Sophie tourna la tête vers Fabien, guettant sur son visage inexpressif et lointain un signe qui confirmerait l'acceptation de la fromagère dans le clan Verbier, celui-ci comptant, outre un journaliste réputé dans un domaine qui la concernait, une star de cinéma. Au spectacle que Sophie et moi venions de donner, Fabien eut comme seule réaction un bâillement qui lui valut cette injonction d'Annabel :

– On rentre, tu es crevé. Demain, tu te lèves à sept heures.

– Pourquoi ?

– Ton avion.

Son avion. Je l'avais, comme lui, oublié. L'appareil de Malev Hungarian Airlines illumina le trou mental dans lequel je croupissais depuis mes deux malheureux baisers à la fromagère. Grâce à cette merveille de la technologie européenne appelée Airbus 320, Fabien quitterait demain matin – aujourd'hui, puisqu'il était 1 heure 15 – le territoire français, me laissant pour plusieurs semaines sa compagne. Je trouverais bien, pendant cette période, un moyen de rattraper la faute que je venais de commettre aux yeux d'Annabel en embrassant Sophie devant elle. Une autre pensée s'insinua dans ma tête cassée par l'alcool, la frustration, la jalousie : si Annabel voulait quitter la boîte de nuit, prenant pour prétexte un bâillement de Fabien, c'était parce que ça lui avait fait de la peine de me voir embrasser une autre femme qu'elle. Parce qu'elle m'aimait comme je l'aimais. À peine avais-je eu le temps de me remettre de cette révélation que mon frère et elle avaient disparu.

– Trop soûl pour coucher avec moi ? me demanda Sophie.

– Pas assez.

Annabel aurait dit que j'étais con, mais la fromagère n'avait pas de ces audaces et il me fallut l'embrasser de nouveau pour faire excuser ma plaisanterie. Je la ramenai chez elle, rue de l'Abbé-Groult, où nous fîmes l'amour avant son départ pour Rungis, quelques heures plus tard, avec son premier commis. Elle achetait elle-même ses fromages deux fois par semaine. C'était, m'expliqua-t-elle, le secret de son succès. Je quittai l'appartement une heure après elle. Il y flottait une odeur de fromage, sans doute imaginaire. Je pensais ne jamais revoir Sophie, sauf à l'occasion d'un reportage ou d'une dégustation de ses produits, mais quand elle me rappela en fin d'après-midi pour me dire qu'elle était fatiguée, que nous ne passerions pas la soirée ensemble, ce qui n'avait à aucun moment été envisagé, je lui proposai de me rejoindre dans mon appartement de l'avenue Reille. Ça faisait longtemps que je n'avais pas dormi avec quelqu'un, j'avais trouvé ça bien. Elle devait être dans le même cas, car, après les hésitations d'usage, elle accepta mon invitation dont le caractère préconjugal l'intrigua comme il m'intriguait moi-même. Elle me demanda si je voulais qu'elle apporte du fromage. Elle avait trouvé, à Rungis, un brie épatant. Je lui dis que ce n'était pas la peine. Je commanderais des sushis qu'on mangerait en vitesse avant de se mettre au lit.

Je m'aperçois que je n'ai pas encore décrit Sophie. C'est une jolie petite femme brune qui a davantage l'air d'une vendeuse de Naturalia ou d'une attachée de presse dans la mode que d'une fromagère, même du XVe arrondissement. Elle a un visage élégant et pointu de présentatrice télé d'émissions pour adolescents, gâché par ses lunettes de myope. On se vit tous les soirs et toutes les nuits pendant deux semaines. Je ne m'explique pas cette frénésie amoureuse, ou plutôt je me l'explique. D'abord, il y avait le fait de me retrouver en face d'une Annabel seule à Paris et donc à ma portée. Elle m'avait laissé comprendre que je ne lui étais pas indifférent et que, si elle n'avait pas été avec mon frère, elle aurait été avec moi. Jugeant sa rupture avec Fabien imminente, processus qui serait accéléré par le tournage en Hongrie, j'étais confronté à la possibilité du bonheur absolu, chose qui ne m'était pas une seule fois arrivée dans la vie. Ça me faisait peur. Annabel pouvait aussi me dire non, bien qu'elle fût séparée de Fabien, auquel cas ma seule issue serait la mort. Je me repaissais enfin du sentiment d'intimité que Sophie m'offrait comme à l'improviste. Celui qu'on a, enfant, dans sa famille. Et que je n'avais jamais retrouvé, même pendant mon mariage. Parce qu'on est deux, on arrive à s'échapper chacun de son côté sans nulle sensation de solitude. Mais ces deux-là, et pas d'autres.

Sophie travaillait le dimanche jusqu'à 1 heure de l'après-midi. Elle fit une exception le jour où je décidai de la présenter à ma mère. J'eus beau tenter de la dissuader d'apporter à Marolles un panier avec quelques-uns de ses meilleurs produits, elle ne le prit pas moins sous le bras, m'expliquant que tous les gens adorent le fromage, même ceux qui n'en achètent jamais. C'est comme les journaux. Quand on arrive dans la salle d'attente d'un médecin ou chez des amis, on se jette sur des magazines qu'on n'aurait pas idée de prendre chez le kiosquier, alors qu'ils sont encore moins chers qu'un morceau de fromage.

– J'ai une grande nouvelle : le SDF de la rue d'Enghien est mort, dit Annabel.

– Une grande nouvelle, demanda Saverio, est une bonne ou une mauvaise nouvelle ?

Il posait la question en se tournant vers moi, imaginant qu'en tant que journaliste je pouvais être considéré comme l'unique spécialiste, à cette table, du vocabulaire français.

– Au journal, dis-je, je m'occupe de l'art de vivre, pas de l'art d'écrire.

– La mort d'un SDF, dit Catherine, ne peut pas être une bonne nouvelle.

– Il était casse-pieds, dit Annabel. À cause de lui, Fabien n'arrivait pas à vendre son appartement.

– Il est mort de quoi ? demandai-je.

– Quelqu'un l'a poignardé, dit la jeune femme. Pas moi, je le jure. Ça doit être un de ses potes SDF. Ces gens-là se détestent entre eux. Ce sont en majorité d'anciens taulards.

– En France, les anciens taulards se détestent entre eux ? demanda Saverio.

– En France, dit Catherine, tout le monde se déteste. C'est le sport national, loin devant le football et le rugby.

– Alors pourquoi le pays est-il si agréable à vivre ? s'étonna l'Italien avec une fausse naïveté.

Vers Sophie, emphatique :

– La nation aux trois cent cinquante fromages.

– Pas tous bons, remarqua la fromagère.

– Les pas bons, dit Saverio, j'espère que vous ne les vendez pas.

– Je les vends aux gens qui ont mauvais goût.

J'avais hâte que l'on quitte le domaine du fromage sur lequel la conversation revenait sans cesse depuis que Sophie avait annoncé, en tendant son panier à Catherine, sa profession. Il y avait même eu un moment du déjeuner où Saverio avait demandé à ma mère, sur un ton sérieux :

– Le fromage est-il bon ou mauvais pour les dents ?

Elle n'avait pas répondu. Depuis leur rencontre, Saverio posait beaucoup de questions et Catherine ne répondait pas à toutes, ayant toujours à faire ici et là dans la maison, dans le jardin ou à Sucy.

– Je n'intéresse personne avec mon SDF, dit Annabel. Vous devriez vous réjouir que Fabien en ait bientôt fini avec les crédits relais qui flinguaient ses finances.

– On ne peut pas parler en ces termes de la mort d'un être humain, dit Saverio. Annabel, tu dépasses les bornes.

– Désolée, tu ne m'empêcheras pas d'être contente que ce type ait fini par débarrasser le plancher. Il était hypercrade. À chaque fois que j'arrivais rue d'Enghien, il me donnait envie de gerber.

– Annabel, non ! protesta encore l'Italien.

Du moment qu'ils laissaient tomber le sujet du fromage, ça m'était égal qu'ils se disputent à propos du SDF que j'avais vu une fois et qui m'avait paru, en effet, sale et désagréable, son unique qualité à mes yeux étant qu'il compliquait la vie de mon frère, et donc les amours de celui-ci avec Annabel. Catherine me demanda si j'avais des nouvelles de Hongrie. Je dis que non. Elle non plus. C'était bizarre. Et sa fiancée, en avait-elle ?

– J'ai eu un SMS avant-hier, dit Annabel. « Tvb. » Ton fils n'est pas un littéraire, Catherine.

Depuis quand se tutoyaient-elles ? Ça s'était fait dans mon dos.

– Si tu voulais un littéraire, dit ma mère à la jeune femme, il fallait prendre Gilles.

– Je l'ai rencontré après Fabien. On ne quitte pas un homme pour son frère. C'est grossier et ça finit mal.

Je m'étonnai que Catherine ne demandât pas alors : et si c'est lui qui te quitte ? Sans doute la phrase lui a-t-elle traversé l'esprit, mais avec un air si revêche et prémonitoire que ma mère n'a pas voulu la rendre publique. Annabel dit, glissant à Sophie un regard affectueux :

– Maintenant, c'est trop tard. Gilles a quelqu'un.

L'attention générale se porta sur ma compagne. Du coup Saverio eut l'idée d'une nouvelle question :

– Ils font quel genre de fromage, en Hongrie ?

La fromagère dit qu'elle ne savait pas. Elle commençait à comprendre que je ne lui avais pas menti sur Saverio, qu'il était le raseur froid et pompeux décrit par moi dans la Volkswagen Touran pendant le trajet. On invite une femme chez ses parents pour deux raisons : qu'elle nous déteste ou qu'on cesse de l'aimer. Il est vrai que Saverio n'était pas mon père et que ma mère était surtout celle de Fabien. La seule personne avec qui j'avais un semblant de lien de parenté dans cette pièce était Annabel, ma future belle-sœur. Ou future épouse, selon le tour pris par les événements. Elle n'a été ni l'une ni l'autre.

J'attendais avec impatience la fin du repas, me demandant comment Catherine organiserait le travail, dans la cuisine, d'Annabel et de Sophie. Quelle entente, débarrassées des hommes, elles auraient entre elles, chacune pensant qu'elle durerait peut-être longtemps. Toute leur vie ? Elles se levèrent avec un merveilleux ensemble. On aurait cru le début d'un ballet auquel Saverio assista avec un air de béatitude. Il me dit que nous étions les plus heureux des hommes et je résistai à l'envie de lui dire qu'il était con, car cette expression était désormais pour moi réservée à la bouche d'Annabel et, de ce fait, une marque d'intérêt et une promesse de bonheur. En voyant Catherine, Annabel et Sophie tourner autour de la table, aller à la cuisine et en revenir avec une telle grâce qu'on ne remarquait pas qu'en y allant elles avaient les mains pleines et qu'à leur retour elles les avaient vides, je me dis que le duo s'était transformé en trio et qu'à l'avenir je n'affronterais pas la réprobation de deux femmes, mais de trois. Leurs gestes et déplacements étaient si efficaces et rapides qu'on se croyait dans les cuisines d'un grand restaurant. Saverio et moi nous n'étions pas les plus heureux des hommes, mais les plus malheureux. Entourés par trois femmes insensibles et parfaites, intouchables et inquittables. Nous étions, comme Fabien, en prison. Cette prison dont mon frère a fini par trouver l'unique sortie : la mort. Plus malin et plus courageux que nous. Saverio serait sauvé par la haine que Catherine se mit alors à avoir pour tous les hommes qui n'étaient pas son fils mort, moi compris. Après son exclusion miraculeuse de la famille Verbier, il a disparu, ne nous faisant plus jamais signe. Je l'imagine gambadant quelque part : Toscane, Burkina Faso. Seul je reste en taule, gardé par ces trois chiennes froides dont deux refusent par surcroît de se montrer à moi.

Suivit la traditionnelle pause-café dans le salon avec Saverio pour évoquer les grands sujets d'actualité du moment, le jeu consistant pour moi à être d'un avis contraire au sien. C'était plus amusant quand il y avait Fabien. Seul à Marolles, je me laissais gagner par l'indifférence. Il y avait aussi des moments où Saverio m'attendrissait, quand par exemple il arrangeait de la main sa queue-de-cheval blanche.

La spécialité de Sophie était le chèvre de la Loire : valençay, selles-sur-cher, sainte-maure de Touraine, pouligny-saint-pierre, crottin de Chavignol et le célèbre chabichou. Je lui rendis visite dans sa boutique où je découvris qu'elle n'était pas fromagère, mais affineuse. Je continuerai de l'appeler ici la fromagère, « affineuse » ayant des sonorités à mon goût trop proches de « surineuse ». En face de son commerce, une plaque saluait la mémoire d'un sergent-chef FFI tombé le 25 août 1944 à l'âge de trente-neuf ans. Sophie était émue par ce mort de son âge. Elle avait fait des recherches sur lui *via* Internet, accumulé notes et documents. N'aurais-je pas un jour, moi qui écrivais, envie de faire un roman sur ce sergent ? Je dis que ce serait un meilleur bouquin, celui sur le collabo ou le Boche qui avait tué le FFI. Sophie ne me demanda plus jamais de prendre la plume. Je ne lui ai du reste pas dit quel livre je suis en train de rédiger. Elle croit que ce sont des articles. Ceux-ci ne produisent pourtant pas le même bruit sur le clavier de l'ordinateur. C'est une mitraillette, alors que mon travail sur ce manuscrit ressemble aux rares coups de fusil d'un tireur isolé abattant les ombres de son passé.

Pour fêter notre premier mois ensemble, Sophie m'invita en week-end à l'étranger, me laissant le choix de la destination. Je proposai Budapest. Ni l'un ni l'autre ne connaissions la Hongrie. Nous profiterions de l'occasion pour rendre visite à mon frère sur son tournage. L'idée parut bonne à la fromagère et, comme je l'avais prévu, ce fut elle qui imagina d'emmener Annabel avec nous. Je protestai :

– Ça ne sera plus un week-end d'amoureux, mais une virée entre potes.

– À mon avis, on ne la verra pas : elle restera scotchée à Fabien.

– Tu ne les connais pas. Ils sont capables de se disputer dès la première heure, et après on aura Annabel sur le dos pendant tout le séjour. Ainsi que Fabien.

– Ça ne me déplairait pas d'avoir ton frère sur le dos.

– J'avais compris, merci.

Ça m'amusait de lui faire croire que j'étais jaloux de Fabien alors qu'elle ne songeait pas à être jalouse d'Annabel que j'avais pourtant subrepticement conviée, par simple envie de l'avoir près de moi pendant tout le week-end, à ce qui s'annonçait comme le sacre magyar de ma liaison avec Sophie.

– Il est mignon, insista celle-ci. Je me prendrai en photo avec lui sur mon portable et montrerai le cliché à tout le monde. La frime, à la boutique. Appelle Annabel et passe-la-moi après.

– Je n'ai pas envie maintenant.

– Tu as envie de quoi ?

– De fromage.

Elle rit et commença à se déshabiller. Nous étions à mon domicile. Elle me demanda pourquoi nous n'avions pas eu d'enfant, mon ex-épouse et moi. Et elle, pourquoi n'avait-elle pas eu d'enfant ?

– J'en ai eu deux mais ne les ai pas gardés. Je n'aimais pas le type.

– C'était le même type ?

– Non : des types différents. À des époques espacées.

– Tu ne savais pas que tu ne les aimais pas avant d'être enceinte d'eux ?

– Non.

Je m'aperçus que j'étais en train de parler d'enfant avec une femme qui ne m'était rien, que je trompais sans cesse en esprit avec Annabel et que j'étais certain d'abandonner pour la fiancée de mon frère dès que celle-ci serait libre. Sophie partit à 14 heures 30 pour la réouverture de sa boutique. Elle me demanda si on se reverrait et j'aurais dit non si je n'avais pas eu besoin d'elle pour emmener Annabel à Budapest. Elle s'en alla légère dans l'après-midi de printemps, heureuse d'avoir été baisée. C'est l'un des moments dans ma vie où j'ai le plus regretté de ne pas être une femme.

Je téléphonai à Annabel du parc Montsouris, non loin de la station Météo-France. J'obtins sa messagerie. Je dis que c'était au sujet d'un week-end en Hongrie que Sophie et moi on préparait, on aurait aimé qu'elle vienne avec nous, ça lui permettrait de voir Fabien. Puis, je m'étendis sur l'herbe afin d'attendre confortablement qu'elle me rappelle. Toujours étonné qu'on ait le droit, d'un moment à l'autre, de s'allonger dans un parc et regarder le ciel sans rien faire, même à quarante et un ans. Il y avait des joggers et des étudiants. À Montsouris, il n'y a pas beaucoup de vieux car les côtes sont rudes. Le portable resta muet, à l'exception d'un appel de mon journal. L'un de mes collaborateurs me demanda où j'étais et ce que je faisais. Je lui dis qu'il était mon subalterne et n'avait par conséquent pas à me poser des questions pareilles.

– Je ne serai peut-être plus longtemps ton subalterne.

– Tu es viré ?

Je savais que moi, je ne pouvais pas l'être, en tant que délégué du personnel.

– Le journal est racheté.

– C'est officiel ?

– Il y a une dépêche AFP. Je te la lis ?

– Non, je verrai ça demain.

– Évidemment, délégué du personnel : tu ne risques rien.

J'aime être celui qui ne risque rien, mais qui ne risque rien n'a rien. Mon collaborateur oubliait par surcroît mes treize ans d'ancienneté. Je crois à l'ancienneté. Il n'y a qu'elle, à la fin, qui paie. Être devenu l'ancien. Le dernier. Cette histoire de vente et donc de rachat circulait depuis plusieurs mois, de sorte que plus personne n'y croyait. Elle nous avait eus à l'ancienneté, elle aussi.

Le ciel eut soudain un aspect de catastrophe, car tout changement en est une. Je me sentis petit comme un enfant entre de grands arbres.

Annabel m'appela quelques minutes avant minuit. Elle revenait du restaurant avec Fabien. Il était à Paris ? Non : elle était à Budapest.

– Tu m'as fait rire avec ton message. Bien sûr, venez en Hongrie ! C'est une super-idée. On loge à l'Artotel. On a une vue géniale sur le Danube. C'est combien la chambre, Fabien ?

Il l'ignorait, c'était la production qui payait. Il aurait fallu regarder à la porte, mais il était déjà couché. Pété au shit et à la vodka, pensai-je.

– Ce n'est pas plus de cent cinquante, deux cents euros la nuit. Dans tes moyens, non ?

– Sophie m'invite.

– Maquereau !

Maquereau : mieux que con ?

Sophie nous offrit le Tempo Challenge, entre la classe éco et la business class. Elle n'avait pas voulu qu'on rejoigne Fabien et Annabel à l'Artotel, trop moderne à son goût. Elle préféra l'Astoria, vieux bâtiment baroque réquisitionné par les nazis durant la Seconde Guerre mondiale, puis par le haut commandement soviétique en 1956. Ça nous aurait paru du gâchis de ne pas faire l'amour dès notre arrivée dans la chambre. Il y avait beaucoup de bruit dans la rue Kossuth mais la fromagère, comme moi, apprécie le bruit, en particulier celui des rues. Le silence nous semble mort. On marcha dans la nuit, traversant l'ancien ghetto pour rejoindre le quartier de l'Opéra où nous prîmes un verre et un gâteau. La pâtisserie hongroise est une version détendue, orientale, ultracalorique de la pâtisserie viennoise. C'est à Budapest, en la voyant se gaver de sucreries, que je pris conscience du poids qu'Annabel aurait un jour. Sophie choisit le célèbre *zserbószelet* – noix râpée, pommes, confiture d'abricot, glaçage de chocolat – et moi une *palacsinta*, crêpe fourrée de noisettes pilées, d'orangeat et de raisins, agrémentée d'une sauce au chocolat noir, le tout flambé au rhum.

Nous retrouvâmes Annabel à son hôtel le lendemain matin. Fabien était déjà parti sur son tournage qui avait lieu à Szentendre, à une vingtaine de kilomètres au nord de Budapest. Son unique jour de repos était le dimanche. Après avoir touché son chèque hebdomadaire de soixante-quinze mille euros. On aurait, comme prévu, sa fiancée sur le dos tout le samedi. Elle s'appuya plutôt sur celui de Sophie, me laissant avec indifférence baguenauder derrière elles dans les rues ensoleillées. Je comprenais que, dans notre quatuor, la fromagère avait établi une hiérarchie : en numéro un mon frère pour sa célébrité et son argent, en numéro deux Annabel parce qu'elle était la maîtresse en titre de Fabien, en numéro trois moi car frère de la star, et en numéro quatre elle-même comme maîtresse en titre du frère de la star. Il était normal qu'elle accordât davantage d'attention à Annabel, numéro deux, qu'à moi, numéro trois. En devenant une amie proche de la maîtresse en titre de Fabien, ne gagnerait-elle pas une place sur moi, ou du moins ne parviendrait-elle pas à me rejoindre sur la troisième marche du podium, car elle aurait alors deux galons qui vaudraient le mien ? Elle avait un moyen d'accéder à la deuxième position : remplacer Annabel dans le lit de Fabien. Celui-ci n'en serait pas à sa première incartade. Et la nana de votre frangin est toujours tentante, j'en sais quelque chose. À condition de ne pas être trop moche, mais Sophie n'est pas trop moche. J'avais cru me rapprocher d'Annabel en proposant Budapest comme destination de notre escapade amoureuse, sans me douter que je rapprochais aussi Sophie de Fabien qui était peut-être son but caché, sa véritable envie. Ces pensées m'occupèrent toute la journée. J'avais oublié comme visiter une ville est ennuyeux. On se fatigue à la regarder sans réussir à la voir. Il faut y habiter plusieurs années pour la comprendre. J'ai décidé de me contenter du spectacle offert à moi, pendant la promenade, par la nuque, les épaules, le dos, la taille, les fesses et les jambes d'Annabel. C'était pour eux que j'étais venu jusqu'à Budapest avec une femme que je n'aimais pas et qui aimait peut-être mon frère.

Annabel nous suivit à l'Astoria. On eût dit qu'elle retardait le moment de se séparer de nous pour retrouver sa chambre ultramoderne de l'Artotel et y attendre Fabien. Nous l'invitâmes au *kàvèhaj* de l'hôtel. Sophie annonça qu'elle allait aux toilettes. Elle ne savait pas qu'il faut dire les cabinets. Je regardai le visage d'Annabel. Je ne l'avais pas beaucoup vu car elle avait marché devant moi.

– Tu es à Budapest depuis longtemps ?

Ce n'était pas la question que je voulais poser. La question que je voulais poser était : est-ce que tu m'aimes ? Ou : pourquoi n'admets-tu pas que tu m'aimes ? Moins elle avait l'air de se soucier de ma personne, plus j'avais l'impression qu'elle cachait ses sentiments pour moi.

– Cinq jours.

– Fabien t'a demandé de venir ?

– Non. C'est moi. Je n'en pouvais plus. C'est empoisonnant, ces tournages qui se font à l'étranger pour raisons économiques. Du coup, les filles qui sortent avec des comédiens ne voient plus leur mec.

– Fonde le syndicat des filles qui sortent avec des comédiens.

– Tu es con.

– Tu restes longtemps ?

– Je ne sais pas. Avec l'ordi, je peux bosser n'importe où, mais on ne déjeune pas par e-mail.

– C'est parce qu'on n'a jamais essayé. Tu vas au resto à Budapest avec ton ordi, ton interlocuteur va au resto à Paris avec le sien, et vous vous écrivez pendant le déjeuner. Le problème, c'est l'addition.

– On partage !

Nous éclatâmes de rire. Première fois qu'on éclatait de rire ensemble. Je me demandai si c'était un bon ou un mauvais présage. N'étions-nous pas en train de devenir copains, amis, camarades, complices – choses qui empêchent parfois d'être amants ?

En pâtisserie, les Hongrois ont la passion de râper les noix. Mais dans le *rètes* que mangeait Annabel, elles sont moulues. Il y avait aussi des graines de pavot, du fromage blanc et une pêche dénoyautée. Annabel hésitait à en commander un second quand Sophie revint s'asseoir à la table. Annabel dit qu'elle rentrait à l'Artotel. Je décidai de la raccompagner jusqu'au Danube. Je la laisserais s'engager seule sur le pont Erzsébet et regarderais sa longue silhouette s'éloigner dans le soleil couchant. Respectueuse de sa propre hiérarchie – elle n'allait pas, numéro quatre, contester une décision du numéro trois engageant la numéro deux –, Sophie dit qu'elle en profiterait pour prendre un bain, les villes que nous ne connaissons pas étant deux fois plus salissantes que celles où nous habitons, et pour passer quelques coups de téléphone. Elle avait un nouveau fournisseur de brocciu avec lequel elle ne s'entendait pas sur les prix. Problème d'autant plus délicat qu'elle n'était pas connaisseuse du fromage corse.

Avec ses immeubles vanille et pistache, Budapest elle-même est un gâteau. On présente les villes, dans les guides touristiques, sous l'aspect de l'Histoire, alors qu'elles se montrent au promeneur sous celui de l'automobile. L'embouteillage, monument du présent. Les voitures hurlaient tandis que nous nous dirigions vers le fleuve. Les villes qui ne sont plus communistes sont à tout le monde.

– À quoi penses-tu ?

Première fois de sa vie qu'Annabel me demandait à quoi je pensais. Je réfléchis à ma réponse, ne voulant pas me faire traiter de con. À force de réfléchir, j'oubliai de répondre. À la station de métro Ferenciek tere, Annabel dit qu'elle était fatiguée et prendrait un taxi. Au journal on m'avait dit de me méfier des chauffeurs de taxi hongrois.

– Je t'accompagne, c'est plus prudent.

– J'ai déjà pris le taxi à Budapest.

– Seule ?

– Oui.

– Je ne te crois pas.

– Tu es con.

Je savais qu'il fallait opter pour les chauffeurs de City taxi. Les autres nous feraient faire le tour de la ville alors que l'hôtel d'Annabel se trouvait à un kilomètre environ. Dans le véhicule, je pris la main de la jeune femme. C'était comme si je me saisissais d'un poisson mort.

– Qu'est-ce que tu as ?

– Je cherche ton pouls.

– Tu es con.

Troisième fois de la journée : c'était la jauge. Maintenant, elle ne me traiterait plus de con, même si j'essayais de l'embrasser. Ce que je fis. Elle mollit d'un coup dans mes bras. Je me sentis empaqueté dans sa douceur triste. Je n'en croyais pas mes lèvres. Quel dommage, pensai-je, d'avoir pris un City taxi : il nous emmènerait à bon port sans rallonger la course. Je ne voulais plus sortir de cette voiture où je connaissais le bonheur.

J'avais prévu de laisser Annabel à l'entrée de l'hôtel et de repartir rue Kossuth en gardant le même taxi mais, debout à côté de l'auto pour nous dire au revoir de deux solides baisers sur la joue, nous nous trouvâmes nez à nez avec Fabien qui sortait de la voiture de la production. Il avait le teint pâle et, en une seconde, Annabel devint aussi pâle que lui. Je me demandai si je gardais une couleur normale. Comment savoir ? Mon frère me dit que j'avais une mine superbe et j'en conclus que, de nous trois, c'était moi qui me sentais le moins coupable.

– Ça te plaît, Budapest ? me demanda Fabien.

Ça ne devait pas être non plus la question qu'il voulait me poser, mais quelle question voulait-il me poser ? Peut-être aucune.

– Beaucoup. Et Sophie aussi adore. Elle a plus de mérite : c'est elle qui paie.

– Il est con, dit Annabel, contredisant mes récents calculs.

J'avais renvoyé le taxi, pas certain que ça enchante mon frère, mais il fallait qu'il croie que j'avais envie de causer avec lui, même si ce n'était pas le cas. Mais c'était le cas. Je voulais entendre des anecdotes de tournage et savoir combien de fois Fabien s'était disputé avec Annabel depuis l'arrivée de celle-ci en Hongrie. Sans doute pas mal de fois, vu la ferveur miraculeuse avec laquelle, dans le taxi, elle m'avait rendu mes baisers.

– Je remonte dans ma chambre, dit Annabel.

– Je t'appellerai de la mienne, dit Fabien.

La jeune femme s'éloigna vers les ascenseurs.

– Vous n'êtes pas dans la même chambre ? demandai-je.

– Tu plaisantes ? Moi, je bosse.

– Tu sais qu'Annabel a horreur de faire chambre à part ?

– Tu n'as pas idée du nombre de choses dont elle a horreur.

Il m'entraîna au bar où je compris, à la nappe de silence qui flotta soudain au-dessus de nous et finit par nous recouvrir, qu'un film où jouait mon frère était sorti depuis peu en Hongrie, que Fabien l'avait présenté à la télévision, avait donné des interviews dans des journaux où sa photo avait été imprimée en grand. Mon portable sonna. Je décrochai : Sophie. J'en mettais, du temps, à revenir du pont Erzsébet. Je dis que j'avais raccompagné Annabel en taxi à son hôtel où j'avais retrouvé Fabien et que maintenant je prenais un verre avec lui. Sophie me dit d'embrasser mon frère pour elle et de la rappeler quand j'en saurais plus sur le déroulement de la soirée. Mais on n'embrasse jamais les gens que des gens nous disent d'embrasser pour eux.

– Sophie ? demanda Fabien.

– Oui.

– Ce n'est pas Miss Univers mais elle a quelque chose. Elle est sexy.

– Je préférerais Miss Univers. Tu la connais ?

– Une fille qui passe ses journées au milieu du lait fermenté, ça trouble. C'est ça, le fromage, non : du lait fermenté ?

– Tu demanderas ce soir à Sophie.

– Ce soir, je suis claqué. On ne pourrait pas dîner demain, plutôt ?

Ça m'arrangeait. Tout m'arrange. Je suis un type arrangé. J'avais eu ma ration de sucre pour la journée, c'était celui des baisers d'Annabel. Je préférais la digérer en silence, seul. Seul signifiait pas avec elle. Signifie encore.

Je contemplais Fabien dans sa beauté impériale, en harmonie avec celle de la ville austro-hongroise. Il avait un petit nez de fille amoureuse et de grands yeux bleus d'odalisque nordique. Un front haut et tragique comme un heaume, égayé par ses sourcils blonds. Son visage avait la perfection boudeuse et endormie d'un petit garçon qu'on réveille pour l'école. J'aimais aussi ses belles mains qui ne laissaient rien tomber, et l'équilibre parfait de ses jambes immenses.

– Avec Annabel ? demandai-je.

– Depuis qu'elle est ici, c'est la merde. Je n'arrive pas à me concentrer sur le plateau. Le soir, on s'engueule. La nuit, on baise. Le matin, on s'engueule. La journée, on se téléphone. Sauf aujourd'hui : parce qu'elle était avec vous. Le soir, on se réengueule. Le metteur en scène a raison : je joue avec elle et je me repose avec lui, ça devrait être l'inverse. C'est mon troisième grand rôle, je n'ai pas le droit de le louper. Annabel a déjà vécu avec des acteurs, elle devrait comprendre que j'ai besoin de calme.

– Elle n'a qu'à rentrer en France.

– Je le lui ai demandé. Elle prétend qu'elle n'y arrive pas. Qu'est-ce que tu veux, elle est amoureuse. Je ne l'ai jamais vue comme ça. C'est Puvis-de-Chavannes : ça l'excite à mort qu'on s'installe là-bas ensemble à mon retour. Le hic, c'est que je n'ai pas l'intention d'habiter avec elle. Je ne suis pas prêt.

– Tu devrais le lui dire.

– Tu ne pourrais pas lui dire, toi ?

– Si ça t'arrange.

– Oui, ça m'arrange.

– OK. Maintenant ? Je monte dans la chambre et je lui dis.

– Et tu me niques mon dimanche. Je n'ai qu'un

jour de repos par semaine et depuis qu'Annabel est là ce n'est plus du repos. Non, on trouvera un autre moment.

– Tu l'aimes ?

– Je ne sais plus. Elle me plaît, c'est évident. Je sens que j'ai besoin d'elle. Mais il y a un truc que je n'arrive pas à contrôler chez elle et ça me fait peur. Puvis, je l'ai conçu comme un havre de paix et avec elle, ce sera un champ de bataille.

Puvis-de-Chavannes, devenu Puvis dans la bouche de Fabien, sonnait désormais comme un nom de localité de l'Essonne ou du Val-de-Marne. Comme Marolles. D'autre part, c'était Annabel qui, parfois aidée de Saverio, l'avait « conçu ». Mon frère, à part payer, n'avait rien fait. Les riches croient que payer c'est tout faire, mais c'est ne faire que payer.

Fabien se fit servir un troisième whisky-Coca, alluma sa cinquième cigarette. Annabel ne fumait ni ne buvait. La drogue, elle ne savait pas ce que c'était. Elle se nourrissait et s'abreuvait comme un enfant, choquée en permanence par ce vieil alcoolo et toxico qu'était, à trente et un ans, mon frère cadet.

Je me levai. Fabien regardait, pensif, son verre.

– Sophie sera triste de ne pas te voir ce soir, dis-je.

– Elle n'est pas mal.

– Si tu veux, on échange : je te la file et tu me donnes Annabel.

– Chiche ! Au moins, elle ne me casserait pas les burnes. Une commerçante comprend les gens.

– Pas une attachée de presse ?

– Une attachée de presse comprend la presse.

Sophie ne se montra pas déçue de ne pas dîner avec Fabien, ce qui me laissa à penser qu'elle l'était. Pour la consoler, je l'invitai dans l'un des meilleurs restaurants de Budapest : le Kèpiró. Elle portait une courte robe blanche que j'aurais préféré voir sur Annabel, en pantalon à Budapest comme à Paris. Le sommelier nous avait proposé du tokaj mais nous optâmes pour un riesling sec de Gyöngyös, pour ne pas avoir l'air de touristes lambda. Après avoir évoqué divers sujets – où en était cette histoire de brocciu ? –, nous nous mîmes à parler de Fabien et d'Annabel. Ils étaient un formidable sujet de conversation, à la fois pour Sophie, qui était fascinée par mon frère, et pour moi qui étais obsédé par sa fiancée. Nous passâmes un bon moment à évoquer, entre deux regards amoureux, nos passions respectives. Le Kèpiró sert des plats traditionnels, sortes de ragoûts de bœuf à l'ail et à l'oignon. Hongrois devrait se dire hongras. Nous prîmes une *halázslé* pour deux, espèce de bouillabaisse de poissons d'eau douce – truite, gardon, perche, carpe – n'ayant pas réussi, comme 90 % des plats magyars, à échapper au paprika.

Réveillé à 7 heures du matin par le téléphone. C'était Annabel. Elle appelait de la réception de notre hôtel.

– Je rentre à Paris, dit-elle.

– Je te signale que l'Astoria n'est pas un aéroport.

– Il faut que l'un de vous deux m'accompagne. Je ne pourrai pas y arriver seule. Je me sens trop mal.

– Nous ne partons que demain matin.

– Si tu ne peux pas, demande à Sophie. Toi ou elle, ça m'est égal. J'ai besoin de quelqu'un. Pour m'aider. Je suis en train de demander de l'aide, Gilles. De crier au secours.

– Monte.

– Je n'ai pas le temps. Mon avion part dans une heure. Habille-toi et descends. Ou Sophie. L'un des deux. Vite.

– Tu t'es disputée avec Fabien ?

– Je t'expliquerai. Ou lui expliquerai. Dépêchez-vous.

Elle raccrocha. Sophie s'était réveillée. Je lui dis qu'Annabel rentrait à Paris et voulait qu'un de nous deux vienne avec elle, car elle se sentait trop mal pour voyager seule. J'ajoutai que je ne l'avais jamais vue comme ça. Ce coup-ci, la rupture avec mon frère semblait sérieuse, sans doute irréversible.

– Qu'est-ce que tu préconises ? demanda la fromagère.

– Le mieux serait que tu y ailles, mais ça ficherait en l'air ton week-end et c'est toi qui l'as payé.

– Aucune importance.

Quand on évoque un problème lié à l'argent, les gens disent tous que ça n'a pas d'importance, alors qu'il n'y a que ça qui en ait pour eux. Comme pour nous.

– D'un autre côté, dis-je, si tu restes à Budapest, tu pourras t'occuper de mon frère. Je sais qu'il t'aime bien.

– Il m'a vue une fois et ne m'a pas parlé.

– Tu choisis. C'est ton week-end.

– Non : c'était le nôtre.

– C'est toi qui en as pris l'initiative.

– Tu as choisi la destination.

– J'en ai eu l'idée, mais on s'est décidés ensemble. Souviens-toi qu'après réflexion je n'étais plus enthousiaste pour Budapest. C'est toi qui as insisté.

– Je ne savais pas qu'on débarquerait dans un champ de mines. Tu aurais dû me prévenir.

Ce court reproche me fit sentir que Sophie avait envie de rester à Budapest où la perspective de voir mon frère, cette star presque internationale, en tête à tête, était plus agréable que celle de passer un dimanche après-midi, même avec moi, rue de l'Abbé-Groult. La rue de l'Abbé-Groult est triste le dimanche après-midi, surtout dans sa partie basse où la fromagère a son appartement.

Annabel rappela :

– Qu'est-ce que vous faites ?

– On discute.

– Je vais rater mon avion, avec vos conneries.

– J'arrive.

Je raccrochai et dis à Sophie que c'était la meilleure solution. Je connaissais Annabel mieux qu'elle, et pourrais la gérer.

– C'est presque ma belle-sœur.

– C'*était* presque ta belle-sœur.

– Tu as raison : le couple me paraît mal barré.

Je pris une douche pendant que Sophie rassemblait mes affaires et les rangeait dans mon sac. Nous nous embrassâmes devant la porte. Je dis :

– Pas de bêtises avec Fabien, hein ?

– Tu ne devrais pas me laisser seule avec un type aussi mignon dans une ville où il y a du paprika dans tous les plats.

De nouveau la sonnerie du téléphone. Sophie décrocha. C'était Fabien. Elle dit que je ramenais Annabel à Paris.

– Ton frère te remercie de tout cœur, dit la fromagère.

Elle s'assit sur le lit, trop émue par la voix de Fabien pour rester debout. Je lui envoyai un baiser du bout des doigts et elle me sourit. Mon portable sonna. C'était Annabel qui n'avait pas pu me joindre sur le téléphone de l'hôtel, occupé par celui que j'espérais bien être désormais son ex.

– J'entre dans l'ascenseur, dis-je.

– C'est Fabien qui vous appelait ?

– Oui. Il cause avec Sophie.

– C'est toi qui viens, alors ?

– Tu aurais préféré Sophie ?

– Je t'ai dit que ça m'était égal. Dépêche-toi. Le prochain vol pour Paris est à midi et j'ose à peine imaginer la tronche qu'a le lounge dans cet aéroport de merde, je n'ai pas envie de passer quatre heures dedans.

– D'autant que tu y serais seule, avec mon billet je n'y ai pas droit.

– Tu es en éco ?

– Non, mais je ne suis pas en business.

– Tu te serviras de tes miles pour te faire surclasser.

Les portes de l'ascenseur s'ouvrirent. Annabel portait un pantalon blanc comme à la première du film de Fabien, mais je me rendis compte, en m'approchant d'elle, que ce n'était pas le même blanc et donc pas le même pantalon. Je me demandai combien il y avait de pantalons dans les armoires d'Annabel, rue des Batignolles. Je ne me doutais pas encore que j'aurais tout le temps de les compter, puisque je vivrais là-bas pendant les trois semaines suivantes. Sous la visière d'une casquette, le visage d'Annabel éclatait de beauté garçonnière.

– Pas trop tôt, dit-elle.

– Tu n'as pas de bagages ?

– J'ai laissé ma valise dans le taxi.

– C'est un City taxi ?

– Non.

– Alors le chauffeur est parti avec.

– Tu es con.

La phrase que j'attendais depuis la veille au soir. Désormais, quand elle résonnait à mon oreille, ça signifiait que j'étais avec Annabel et donc que j'étais heureux.

Elle dit aussi :

– Ça te va bien, de n'être pas rasé. On dirait un acteur.

Je me demandai à quel moment j'essaierais de l'embrasser. Au décollage ? À l'atterrissage ? Et surtout quand nous ferions l'amour. Ce soir ? Demain matin ? On dit des gens euphoriques qu'ils marchent sur des nuages. J'avais plutôt l'impression d'être à l'intérieur de l'un d'entre eux. Sentiment que renforça l'Airbus quand il nous projeta, Annabel et moi, dans le ciel hongrois.

Elle dit :

– Je ne sais pas pourquoi, depuis que je te connais, je me sens si bien avec toi.

Nous avions une coupe de champagne à la main malgré l'heure matinale. Annabel avala une gorgée. Elle ne buvait de l'alcool que le jour de son anniversaire (14 août) et au réveillon de la Saint-Sylvestre. Le reste de l'année, elle était au diet Coke ou à l'eau minérale. Elle aimait aussi le lait, chaud ou froid. Ni thé ni café : ils l'empêchaient de dormir. Et, lui avait toujours dit sa mère, salissaient les dents. Comment était sa mère ? Elle ne m'en avait jamais parlé. Fabien la connaissait-il ?

– Elle l'adore. Elle a tous ses films en DVD. Dès qu'elle voit un truc sur lui dans la presse, elle le découpe. Ils font de longues balades à cheval ensemble dans la propriété.

– Quelle propriété ?

– Mes parents ont un château dans le Gâtinais. Je suis un bon parti, Gilles.

Elle demanda une autre coupe à l'hôtesse. Je me crus obligé d'en faire autant. Je conseillai néanmoins à la jeune femme de ralentir le rythme de sa consommation.

– Tu sais combien Fabien boit de coupes de champagne dans les soirées où on va ? Je m'ennuie tellement que je les compte. Jamais moins de dix. Souvent plus. Quinze, vingt. Si tu savais dans quel état il rentre chez lui. Une fois sur deux, je me suis cassée avant. C'est un spectacle triste.

– Alors ne me le donne pas.

– C'est ma deuxième coupe !

– On est le matin et tu n'as pas pris de petit déjeuner.

– Quel rabat-joie ! J'aurais dû demander à Sophie de m'accompagner. Elle n'aurait pas fait d'histoires pour se soûler avec moi. Je viens quand même de me faire lourder par une star de cinoche !

L'avantage des gens ivres, c'est qu'ils parlent sans qu'on ait besoin de leur poser de questions. Je ne comprends pas pourquoi, pendant les interrogatoires, les policiers n'enivrent pas les suspects : ils en apprendraient davantage sur leurs crimes qu'en les tabassant. Ça m'étonne qu'à Guantanamo les Américains n'aient pas pensé à cette méthode festive d'obtenir des aveux. Encore plus facile de soûler des prisonniers musulmans car, comme Annabel à cette époque-là, ils n'ont pas l'habitude de boire.

– J'ai même dû lui rendre les clés d'Enghien. Coup de bol, je les avais sur moi. Il m'a aussi demandé celles de Neuilly, mais elles sont aux Batignolles. Je dois les lui envoyer demain. En recommandé, parce qu'il a peur qu'elles se perdent. Comme si je n'avais que ça à faire, de poireauter dans une poste !

– Je m'en occuperai.

– Il y en a une à deux cents mètres de chez moi, rue Mariotte. Parce que tu vas passer la nuit à la maison, bien sûr. Tu ne me laisses pas toute seule.

– Non, mon amour.

– J'ai dit : passer la nuit. Pas coucher.

– Je ne couche pas avec les filles qui boivent, ça revient trop cher en alcool.

– Tu es con.

Ce fut sur ce « con »-là que nous nous embrassâmes. Notre troisième baiser depuis que nous nous connaissions. Il sentait le champagne. Qui ne sent pas bon.

– Pourquoi fermes-tu les yeux quand tu m'embrasses ? demanda Annabel.

– Pour te voir.

– C'est beau.

Elle le dit sur le ton qu'elle venait d'employer pour me traiter de con et ça signifiait la même chose : que ce n'était pas plus beau que je n'étais con, que ce n'était rien comme je n'étais personne. Après qu'elle m'eut donné ses lèvres précieuses, il m'était difficile de lui refuser une troisième coupe de champagne. J'en profitai pour en prendre moi-même une seconde. La meilleure chose à faire n'était-elle pas de boire avec elle ? Ça ne semblait pas être l'avis de l'hôtesse de l'air qui commençait à nous regarder de travers, imaginant que j'étais un producteur de films pornos tentant de griser une de ses futures interprètes.

– J'avais réservé une table au Cyrano, raconta – avoua ? – Annabel. Il est élégant. On y était allés le premier soir avec le metteur en scène et la directrice de production. Tu ne sais pas ce que me dit Fabien ? Qu'il est fatigué, qu'il veut rester dans la chambre, commander quelque chose au room-service. Quand il doit sortir avec moi, il est fatigué. Dès qu'il a un dîner avec quelqu'un d'autre, c'est la superforme. Je lui ai dit que j'en avais ras-le-bol. Il m'a dit que ça tombait bien, parce que lui aussi il en avait ras-le-bol. On a tout déballé. Tu sais que ton frère est immonde ?

– Tu aurais dû nous appeler : on a dîné dans un resto typique avec Sophie. Tu as déjà goûté à la bouillabaisse de poissons d'eau douce ?

À quel moment Annabel avait-elle commandé une quatrième coupe qui brillait maintenant dans ses mains jointes tandis qu'elle approchait le liquide doré de sa bouche ? Je n'avais rien vu, rien entendu. Je devais commencer à être soûl, moi aussi.

– Il m'a critiquée sur ma façon de baiser. Dans mon milieu, ça ne se fait pas. Ils sont vulgaires, les gens du cinoche.

– Arrête de sortir avec des acteurs.

– C'est fait : j'arrête de sortir avec des acteurs. Ton frère était le dernier. Quelle bande de connards ! Son plus grand reproche, tu sais ce que c'était ? Que je refusais la levrette !

Elle choisit, pour crier cette phrase, le moment où l'hôtesse de l'air passait devant nous. Annabel en profita pour lui réclamer une cinquième coupe.

– La dernière, je te jure.

– Il vaut mieux. Sinon, à Roissy, il faudra te porter.

– Je ne refuse pas la levrette pour des raisons morales.

– Oui, parce que...

– C'est une position normale, pratiquée par beaucoup de gens.

– Tout le monde.

– Mais j'ai été opérée du dos quand j'étais petite, je garde des cicatrices et je ne veux pas que mon amoureux les voie.

– Vous n'avez qu'à éteindre la lumière.

– Même dans le noir, ça me gêne. C'est dans ma tête.

– Le nombre de choses qu'il y a dans ta tête.

Elle n'eut pas le temps de me lancer un nouveau « Tu es con », car elle venait de s'endormir brusquement sur mon épaule, renversant le reste de son champagne sur mon pantalon.

Je la déposai chez elle en taxi et rentrai avenue Reille. Nous étions convenus de dîner ensemble, mais j'étais trop habitué à ses changements d'humeur et d'emploi du temps pour considérer ce projet comme fiable. J'étais prêt à me contenter, jusqu'à la fin de mes jours, du souvenir de sa tête posée sur mon épaule dans le vol Budapest-Paris. Ajoutée au baiser du métro Rome et à celui de Hongrie, elle formait une trilogie, une trinité qui me paraissaient un viatique suffisant pour aller dans la tombe d'un pas tranquille et assuré, peu importe quand. J'ai passé l'âge de croire que le temps existe, trop de fois il m'a apporté la preuve du contraire. C'est quoi, la différence entre trilogie et trinité ? aurait demandé Saverio. La trilogie est païenne, la trinité chrétienne. Mon histoire avec Annabel était les deux. Je voulais qu'elle m'aime et elle me crucifiait. Elle m'appela à 21 heures. Qu'est-ce que je faisais ? Avais-je choisi le restaurant ? Réservé une table ? Je dis qu'on grignoterait un truc au Wepler.

– À cent mètres de chez moi, bravo. Après, tu me ramènes et je passe à la casserole.

– J'admets que ça m'a traversé l'esprit. Ça fait cinq mois que j'attends.

– Moi, je ne t'attendais pas.

– Alors, il ne fallait pas m'appeler.

Elle poussa un soupir, comme si la vie, en particulier la vie amoureuse, était trop compliquée pour elle.

– J'ai la gueule de bois et je n'ai pas faim.

– Tu préfères qu'on se voie demain ?

– Non, je ne veux pas rester seule.

– Appelle une copine.

– Tu es une copine. Viens. Je t'attends.

Je raccrochai. Je me jurai de ne plus appeler et de ne plus revoir Annabel. Je me retrouvai quelques minutes plus tard devant la porte de mon appartement, avec mes clés de voiture dans la main. Je traversai en vainqueur la soirée tiède de printemps. À un feu rouge, j'appelai la fromagère. Répondeur. Elle devait être en train de dîner avec Fabien au Arany Kaviar ou au Remiz, deux bons restaurants de Buda dont il m'avait parlé. Ou de se préparer à le faire. Je dis que je la quittais parce que j'aimais une autre femme. Si impatient étais-je de parler à quelqu'un de mon histoire d'amour avec Annabel qui n'avait pourtant pas commencé.

La jeune femme apparut nue sous un long tee-shirt, équivalent nocturne d'une minirobe. Enfin, elle était à sa vraie taille : un peu au-dessous de mon nez. D'où son air embarrassé, comme un élève surpris en train de copier sur son voisin de classe. Elle avait usurpé son 1,77 mètre, retombait à 1,70. Je la pris dans mes bras et nous allâmes dans sa chambre. Pendant le trajet, j'eus le temps de me rendre compte que l'appartement était assez grand. Pour moi. Par les fenêtres, on voyait le ciel au-dessus des immeubles. Annabel me pria de ne pas lui faire l'amour. C'était pour moi une telle victoire de la tenir contre mon corps dans un endroit clos, le sien par surcroît, que sa demande me parut anodine, secondaire. Annabel s'allongea sur les draps froissés. Si elle ne voulait pas qu'on couche ensemble, pourquoi se mettait-elle au lit ? J'hésitai à enlever mes chaussures, acte masculin d'une grande vulgarité, mais je me dis qu'Annabel m'en voudrait davantage de les garder. Pendant que je défaisais mes lacets, je crus bon d'entretenir la conversation.

– Fabien t'a téléphoné ?

– Lâche-moi, avec ce con.

Il ne me déplaisait pas que, même de façon provisoire, mon frère endossât auprès d'Annabel mon rôle de con qui commençait à peser sur mes épaules et même mon cerveau. J'avais de plus en plus souvent, dans tel ou tel acte de la vie quotidienne, l'impression de me comporter comme le con que je ne m'étais jamais soupçonné d'être. J'avais toujours eu le sentiment contraire : que c'étaient les autres, les cons.

Collé contre elle, je soulevai le tee-shirt. Je n'avais jamais vu les seins d'Annabel et compris pourquoi : elle n'en avait pas. Un buste plat de femme me bouleverse autant qu'une énorme poitrine : mon attirance pour les extrêmes, à laquelle j'ai peu souvent l'occasion de succomber dans le cadre de ma vie professionnelle.

– Tu es en train de me caresser.

– Oui.

– Qu'est-ce que je t'ai dit ?

– Que Fabien était un con.

– Avant.

– Qu'on ne ferait pas l'amour. Mais on ne fait pas l'amour.

Je commençai de déboutonner ma chemise.

– Tu ne te déshabilles pas, dit Annabel.

– Je ne vais pas dormir tout habillé.

– Tu comptes dormir ici ?

– Oui, ça me plaît, chez toi.

– Pas gêné.

– Maintenant que Fabien et toi vous n'êtes plus ensemble, je ne vois aucune raison de me gêner.

– Tu es un type bizarre.

– Pourquoi ?

– Je ne sais pas. J'ai faim. On sort dîner ?

Elle s'enferma dans la salle de bains. J'avais son lit pour moi seul : nouvelle victoire.

Quand je lui proposai de monter dans la Touran, Annabel dit :

– Tu n'avais pas parlé du Wepler ?

Ce que je considérai comme un encouragement pour la suite de la soirée : retour à pied par la rue des Batignolles et passage à la casserole. Nous nous dirigeâmes vers la brasserie de la place de Clichy. Annabel me prit le bras. Elle aimait marcher dans la rue bras dessus bras dessous avec quelqu'un. Homme ou femme, amant ou copine. Au restaurant, elle choisit une salade et un dessert. Dans les repas, elle n'aimait que les desserts, comme beaucoup de gens qui ne boivent pas d'alcool. Ils attendent le sucre. Quand elle se mettrait au vin blanc et surtout au Baileys, mélange de whisky et de lait, elle continuerait de manger un dessert à chaque repas, ce qui l'amènerait, entre 2004 et aujourd'hui, à grossir d'une vingtaine de kilos dont elle n'arrive pas, selon Sophie, à se débarrasser malgré ses régimes successifs et de nombreuse cures à Quiberon, La Baule, Biarritz.

Chaque pas qui nous ramenait rue des Batignolles entrait dans mon ventre. L'état d'émotion intense dans lequel me mettait une seule minute passée avec Annabel, c'est ce qui me manque le plus aujourd'hui et me fait penser que je ne cesserai jamais de l'aimer, dût-elle peser bientôt un quintal. Rue Lécluse, rue Darcet, rue Truchet : les trois étapes de ma passion avant d'arriver au Golgotha des Batignolles. Lécluse, Alexandre : entrepreneur du XIXe siècle ayant réalisé le pavage des canaux de Saint-Denis, de l'Ourcq et de Saint-Maur. Darcet, Jean : chimiste du XVIIIe siècle qui mit au point l'alliage qui porte son nom : 50 % bismuth, 25 % plomb, 25 % étain. Truchet, Abel (1857-1918) : fondateur du Salon d'automne et de la Société des humoristes. Avant de commencer ce récit, j'ai pensé écrire un roman sur leurs destins croisés, dans lequel je n'aurais pas expliqué pourquoi je les avais réunis. Ç'aurait été le secret de l'œuvre.

– Où es-tu garé ? demanda Annabel.

– Là-haut, dis-je en montrant les fenêtres de son appartement.

– Tu es con.

Je la suivis dans l'immeuble. Dans l'ascenseur, je posai une main sur sa taille et elle fit comme si je n'avais pas de mains et elle, pas de taille. Elle me demanda, dans l'appartement, si je voulais boire quelque chose.

– Il y a des bières dans le frigo. Je les avais achetées pour ton frère. Il s'en tape deux ou trois avant d'aller se coucher, quelle que soit l'heure. Il dit que ça le détend. Résultat : il me réveille plusieurs fois dans la nuit pour aller pisser.

Je dis que je n'avais pas soif alors que je me serais bien fait une bière, moi aussi. Comme Fabien. Annabel me dit qu'elle pouvait me passer un des pyjamas de mon frère. J'acceptai. Puisque j'étais dans la peau de Fabien, autant entrer dans ses fringues. Le problème, c'était qu'on n'avait pas la même taille. Il mesurait dix centimètres et pesait dix kilos de plus que moi. Son pantalon me tombait sur les fesses et sa veste glissait sur mes épaules comme des bretelles de soutien-gorge.

– Quand tu seras couché, dit Annabel, ça ne se verra plus.

Elle poussa un soupir et je compris qu'elle se rendait compte que je n'étais pas Fabien, que je ne pouvais pas le remplacer et que, par conséquent, elle n'arriverait pas à l'oublier avec moi. Je m'enfouis sous les draps, sentant que j'étais sur le point de me faire virer de chez elle. Annabel entra dans la salle de bains. Quand elle en sortit, elle était nue.

– Tu n'as pas de pyjama ?

– Je n'en porte jamais.

– J'enlève le mien, alors. Le mien : façon de parler.

– Tu le gardes. C'est mieux.

– Pour ce qu'on n'a pas à faire ?

J'étais con, dit-elle. Il me faut maintenant raconter notre première nuit d'amour non physique. Quand on ne fait pas l'amour, ça ne s'arrête pas. Les caresses durent, n'étant pas conclues. Annabel ne me laissa ni voir ni toucher son dos. Je m'occupai de ses épaules, de son cou, de ses fesses. De ses pieds, aussi. Il n'y a aucun moyen de résister à quelqu'un qui vous masse les pieds, Annabel en trouva pourtant un : s'endormir. Elle me masturba sans conviction ni résultat et refusa le cunnilingus sous prétexte que ça ne lui faisait rien.

– C'est toi, la fille sur terre à qui ça ne fait rien ?

– Tu es con.

Cette impression, à l'aube, d'avoir traversé la nuit sans la trouer. Sans la trouver. On se regarda d'un air coupable, surtout moi. J'avançai la théorie qu'une fois que nous aurions fait l'amour ensemble serait pour toujours passé le moment où nous ne l'avions pas encore fait. Nous avions voulu différer cette perte d'innocence et ce vieillissement brutal.

Elle dit que c'était un raisonnement un peu con. De con à un peu con, il y a un progrès. S'acheminait-on vers le pas con ? Son point de vue, c'était que nous n'avions pas eu envie l'un de l'autre. J'avais bandé dans le vide et elle avait mouillé pour rien.

On ne se donna pas rendez-vous pour le soir mais, dans l'entrée, Annabel me tendit un jeu de clés.

– C'étaient celles de ton frère. La grande, c'est l'immeuble. La petite, l'appartement.

– Et la clé du coffre ?

– Tu es con.

Elle abusait, ce matin, de sa réplique favorite. L'émotion ? Je me dis que si nous avions couché ensemble, elle ne m'aurait peut-être pas donné ses clés, soit que l'expérience ne l'eût pas satisfaite, soit qu'elle eût considéré notre relation comme achevée.

– Pourquoi me donnes-tu ces clés ?

– Tu ne veux pas habiter avec moi ?

– Pourquoi veux-tu que j'habite avec toi ?

– Tu m'as éblouie par tes prouesses sexuelles.

– Tu es conne.

Ses prunelles se voilèrent, son nez se rétracta : je sentis que je n'aurais pas dû me servir dans son répertoire. Entre nous un code avait été établi que je n'avais pas intérêt à changer, au risque d'être exclu du bureau du Chiffre. Elle était celle qui ne m'aimait pas et me traitait de con, j'étais celui qui l'aimait et ne la traitait pas de conne. C'était le seul moyen pour elle de supporter la chute que représentait dans son esprit, ainsi que dans celui de son entourage familial et professionnel, le fait d'être avec moi après avoir été avec Fabien.

– C'est moi qui suis con, corrigeai-je.
– J'allais le dire.
– Tu rentres vers quelle heure ?
– Peu importe : tu as ta clé.
– Je rapporterai peut-être quelques affaires de chez moi.
– Toutes les affaires dont tu as besoin. Il y a la place. J'avais dégagé deux étagères pour Fabien, mais il ne s'en est jamais servi. Elles sont pour toi.
– Je suis heureux.
– Il ne t'en faut pas beaucoup.
– Ta clé, plus deux étagères chez toi : c'est beaucoup.
Elle sourit. Nous nous embrassâmes légèrement sur les lèvres comme Catherine et Saverio quand ils se séparaient pour la journée. Nous avons tout de suite été un vieux couple, ayant commencé notre relation amoureuse par ne pas faire l'amour ensemble. Dans la rue des Batignolles, je rallumai mon portable. Quelques messages du journal où c'était le branle-bas de combat. L'annonce d'un rachat déclenche aussitôt, dans une entreprise, une épidémie de réunionite. Catherine m'annonçait la séparation de Fabien et d'Annabel. Mon frère n'avait pas traîné pour la lui apprendre, mais pourquoi se dépêchait-elle de me mettre au courant ? Était-elle entichée de la jeune femme au point de manœuvrer pour que je succède à Fabien dans le cœur d'Annabel afin de garder celle-ci auprès d'elle ? Aucune nouvelle de Sophie. Ni de mon frère.

Quand j'entrai en elle, le sentiment d'être enfin, après des années de vagabondage, à mon domicile légal. Allongé, son corps redevenait grand. Il me faisait penser à une maison. La mienne, donc. Porte entre les cuisses, terrasses aux épaules et fenêtres des yeux. Sa peau n'avait aucune odeur, comme celle d'un bébé. Je caressais tellement ses cheveux qu'elle me demanda d'arrêter. Je serais incapable de dire quand j'ai joui ou si elle a eu un orgasme. Le plaisir n'avait pas d'importance pour moi, seule comptait notre union. Je pris soin de ne pas me montrer trop tendre avec Annabel, car il n'est rien de plus étouffant que notre tendresse pour quelqu'un qui n'en a pas pour nous. Je serais bien resté dans la jeune femme toute la nuit et une partie de la matinée, regardant avec ravissement mon drapeau planté sur cette belle terre grasse, naguère inaccessible. Annabel se débarrassa de mon sexe par une ruade, jument trop longtemps montée. Elle voulait dormir. La nuit dernière, elle n'avait eu que deux ou trois heures de sommeil. Demain midi, elle devait rencontrer un producteur de cinéma. Elle voulait que son bureau de presse s'occupe de la sortie des films. Marre des livres sur le chocolat. Je lui demandai si elle dirait au producteur qu'elle venait de se séparer de Fabien Verbier et j'eus droit, avant de m'endormir, au désormais traditionnel « Tu es con » qui était entre nous un gimmick, un mot de passe, un slogan comme *Morituri te salutant* ou *Prolétaires de tous les pays, unissez-vous*.

Le premier petit déjeuner en tête à tête. En fait le deuxième, mais la veille nous n'étions pas encore amants. Ou le troisième, en comptant le champagne d'Air France. Annabel, qui avait passé un peignoir – elle raffolait de tout ce qui sortait d'une salle de bains : brosses, peignes, coupe-ongles, séchoir à main, serviettes et innombrables crèmes pour la peau et les cheveux –, nous versa du thé et consulta son portable. Elle avait un message de Fabien.

– Je l'écoute ? demanda-t-elle.

– Non.

– Pourquoi non ? C'est peut-être professionnel.

– Vous ne travaillez pas ensemble.

– Ça pourrait venir.

Je me dis que j'avais été bête, que j'aurais dû dire oui : elle n'aurait pas écouté le message. Mais je pense aujourd'hui qu'elle l'aurait écouté malgré tout.

– Il a appelé à 2 heures du matin, dit-elle après avoir déclenché la messagerie. Il devait être dans un état.

– Alors ?

– Il me demande si j'ai fait bon voyage. Excellent, connard.

– Il parle de moi ?

– Non. Il s'excuse pour ce qu'il m'a dit avant-hier. Bah voyons. Il était pété. Il est toujours pété. Il veut qu'on reste amis. Il balise.

– De quoi, il balise ?

– Que j'aille balancer tout à la presse people. Ses bitures et le reste.

– Le reste ?

– La coke et ses petites pratiques.

– Ses petites pratiques ?

– Ouais, ses petites pratiques sexuelles. Il ne t'en a pas parlé ?

– Non.

– Ce n'est pas de la tarte. Il faut en faire, des trucs. C'est toute une cérémonie.

– Tu me fais peur.

– Moi aussi, j'ai eu peur. Mais puisqu'il fallait en passer par là pour l'avoir.

– Quel genre de pratiques ?

– S'il ne t'en a pas parlé, ce n'est pas à moi de le faire.

– Tu m'intrigues.

Elle but une gorgée de thé qui mouilla ses lèvres malicieuses, les fit briller dans la lumière du matin.

– Il ne veut me prendre que par-derrière.

– En levrette ?

– Non, je t'ai dit que je la refusais.

Si elle mentait, elle mentait bien, bien mentir consistant à se souvenir qu'on a menti.

– On se met en missionnaire et il me sodomise.

– Pas étonnant que tu n'arrives pas à tomber enceinte.

– À la fin, il change de trou, mais il commence toujours par le cul. Bonjour les infections urinaires ! Il y a d'autres trucs. Il m'attache, ou bien c'est moi. Il faut que je l'insulte.

– Tu lui dis qu'il est con ?

– Ça ne lui fait plus rien. Je dois me creuser la tête pour trouver de nouveaux trucs. C'est crevant. Des fois, j'en ai marre. Si la presse apprend que le jeune premier romantique du cinéma français est un sodomite maso, ça risque de nuire à son image.

– Aucun journal ne publiera ça.

– Je te fiche mon billet que si. Mais je ne le ferai pas. Après, j'aurai bonne mine dans ma famille et à mon travail.

– Ça te fera juste un joli surnom : l'enculée.

– Tu es con.

Il me semble que j'attendais cette phrase pour me mettre en route, démarrer ma journée. Au journal, je trouvai le contrôleur de gestion envoyé par le nouveau propriétaire. C'était un grand type d'une cinquantaine d'années, en costume sombre. Il avait la couleur jaune et aigre d'une mauvaise nouvelle. Il passait devant nous en silence, cherchant à ne favoriser personne d'un regard. Les journalistes sont une catégorie professionnelle fragile. Quand ils perdent leur emploi, ils sont privés de leurs avantages, au moins aussi importants pour eux que leur salaire. C'est un métier où on se paie de passe-droits. À force de se voir offrir leurs loisirs – voyages, livres, CD, places de théâtre et de cinéma, gueuletons, taxis –, ils sont devenus des enfants. Quand un patron les renvoie, c'est comme si leurs parents décédaient une seconde fois.

Le responsable des pages Culture était un vieux renard des comités d'entreprise, malgré ses trente-quatre ans qui avaient l'air d'en être cinquante. C'était une longue éponge informe, avec des yeux globuleux et un début de calvitie. Il avait le teint de quelqu'un qui n'a pas dormi depuis sa naissance. Sa chemise crème débordait de son pantalon marron. Il était capable de calculer mentalement les indemnités de tous les salariés de la boîte. On détermina une date pour le comité d'entreprise extraordinaire. « Portail » devint le mot le plus prononcé dans l'enceinte de la rédaction. Qui le prendrait ? À quel prix ? Combien de temps resterait-il ouvert ? Trois mois ? Il y avait le problème des pigistes dont la fragilité cache la force : ils ne coûtent pas cher et travaillent, du moins ne coûtent quelque chose que lorsqu'ils travaillent, alors que tout salarié est une charge pour le journal et que, par surcroît, il est souvent improductif. On ne peut pas mettre le pigiste à la retraite, puisqu'il n'en a pas : il faut, pour qu'il s'en aille, lui verser des indemnités, même s'il est trop vieux pour avoir le temps de les dépenser.

Avenue Reille, je pris quelques vêtements. Nul besoin de trousse de toilette : il y avait tout le nécessaire dans la salle de bains d'Annabel, en plusieurs exemplaires. J'y avais même vu deux rasoirs Mach 3 avec leur panoplie de recharges. La jeune femme n'était pas encore rentrée quand j'arrivai rue des Batignolles. Le téléphone sonna. Je décrochai, pensant que c'était elle. Que, dans une sorte d'hallucination amoureuse, elle m'avait vu entrer dans son appartement et souhaitait m'y accueillir par des paroles de bienvenue.

– Allô ?

– Allô ? Qui est-ce ?

J'avais reconnu la voix de Fabien. J'en conclus qu'il n'avait pas pu joindre Annabel sur son portable. Elle filtrait les appels et il était dans le filtre comme un moustique dans une moustiquaire.

– C'est toi, Gilles ? Allô ? Qui êtes-vous ?

Lors de mes semaines de vie commune avec Annabel, je n'ai pas pris de notes et le regrette aujourd'hui. Je saurais quelle chose nous avons faite, tel jour. Ou telle nuit. Au lieu de quoi cette période enchantée se présente à moi comme un magma si lumineux qu'il m'aveugle. J'ai même l'impression de perdre sans cesse des souvenirs. Je suis certain, par exemple, d'avoir su quel pantalon, parmi les vingt-sept que j'avais comptés dans son dressing, portait Annabel le soir où nous sommes allés voir, dans un cinéma des Champs-Élysées, le film de Michael Moore, *Farenheit 9/11*, récemment primé à Cannes. Pourquoi l'ai-je oublié ? Je me rappelle que, chaque matin, je sortais pour acheter du pain et des viennoiseries dans la boulangerie voisine, et que, une fois sur deux, Annabel avait filé quand je revenais dans l'appartement. Je voudrais avoir en mémoire chacun de ses mots d'excuse griffonnés sur un bloc en papier, alors que le seul à me revenir à l'esprit c'est :

Rendez-vous urgent au bureau. Il y avait les variantes coiffeuse, dermato, agent de change. Quel jour ai-je acheté des croissants, quel autre des pains au chocolat ? Parfois, Annabel se plaignait de son poids, alors je rapportais des chaussons aux pommes, moins caloriques. Quand elle restait avec moi pour le petit déjeuner, elle me regardait manger, se contentant d'une tasse de thé qu'elle ne finissait pas. Je sentais que chaque manifestation de mon existence physique – manger, boire, bander, pisser, déféquer ou même parler – était un dérangement, une gêne, un embarras pour Annabel. Peut-être ressentait-elle la même chose avec mon frère. Il ne le supportait sans doute pas, d'où leurs incessantes disputes et ruptures, malgré les forts sentiments qui les liaient l'un à l'autre. J'étais, pour ma part, tellement plein de mon amour pour elle et de la joie de le voir enfin concrétisé que les réticences et réserves de la jeune femme à mon endroit me paraissaient un détail presque amusant. Si elle détournait la tête quand je voulais l'embrasser sur la bouche, son expression chagrine et boudeuse déclenchait en moi un rire jovial qu'elle prenait pour une parade, alors qu'il était l'expression de mon bonheur absolu de vivre avec elle, baiser sur la bouche ou pas. Même chose quand elle repoussait, une fois sur deux, ou deux fois sur trois, mes avances au lit. Elle expliquait que Fabien l'avait dégoûtée du cul. Je n'insistais pas.

Blaguais : « C'est le cas de le dire. » « Arrête de masquer », disait-elle. Elle ne comprenait pas qu'être allongé à côté d'elle était pour moi un plaisir aussi grand qu'être allongé sur elle, peut-être même plus grand car plus conjugal. Mon rêve était qu'on se marie. Quand je fis officiellement ma demande, quelques jours avant le retour de Fabien en France, Annabel me dit qu'elle n'épouserait pas un journaliste. Depuis une demi-douzaine d'années qu'elle travaillait avec eux, elle avait eu le temps de voir que c'étaient des porcs. Je dis que je changerais de métier, que je deviendrais écrivain. Elle répliqua qu'elle ne se marierait pas non plus avec un écrivain car c'étaient des pauvres.

Cette impression, aux Batignolles, d'habiter sur le toit de Paris. D'être des ouvriers zingueurs de l'amour. Le ciel semble plus près de nous que partout ailleurs dans la ville, même à Montmartre. L'église Sainte-Marie, au bout de la rue, ressemble à un temple protestant. Ou à l'entrepôt ou l'écurie qu'elle ne fut pas sous la Révolution, n'ayant été construite qu'en 1828 par Lequeux. Et agrandie par Molinos fils en 1834. Je me promenais dans le square voisin. Seul, Annabel refusant de marcher dans les parcs publics. Elle disait que c'était parce qu'elle avait été habituée, dès l'enfance, à avoir un parc privé : celui du château de ses parents, dans le Gâtinais.

J'aimais glisser de la place du Docteur-Lobligeois dans la rue des Moines, annexe timide de la rue des Batignolles. Les boutiques y ferment le lundi comme au siècle dernier. Il y a un restaurant africain que je n'ai jamais vu ouvert et une librairie de livres anciens que je n'ai jamais vue fermée. Le marché couvert semble un oubli, un pavillon Baltard qui aurait, au moment de la destruction des Halles, pris la poudre d'escampette pour se réfugier là et continuer une petite vie pépère avec des clients âgés qui n'achètent presque rien et s'embrouillent dans les anciens et les nouveaux francs ainsi que dans les centimes d'euro. La rue des Moines, ancienne propriété des religieux de Saint-Denis, a gardé un air monacal. C'est un cloître à ciel ouvert, le ciel immense du quartier qui se déploie en toutes saisons comme un oriflamme. Avenue de Clichy : après le couvent, le bordel. Saleté des visages et des tables de café. Sous-vêtements féminins à bas prix exposés dans des vitrines poussiéreuses. Solderies de livres, de CD et de DVD. Fast-food aux doigts gras.

À la place de Clichy se rencontrent quatre arrondissements : le XVIIe, le XVIIIe, le IXe et le VIIIe. Peut-être pour ça, quand on s'y retrouve, qu'on ne sait pas où aller. On a trop de choix. Je venais, le mercredi 16 juin 2004 à 15 heures 45, de me résoudre à descendre la rue d'Amsterdam pour me rendre au journal, avenue du Coq, où le fameux portail n'arrêtait pas de grincer, vu le nombre de gens qui se précipitaient dessus, quand je reçus le texto suivant : *Ne m'attends pas ce soir, je dîne avec Fabien.* J'appelai. Répondeur. J'avais quelques secondes pour me décider à laisser ou non un message, et surtout lequel. Dans l'état de confusion, de colère et de chagrin dans lequel je me trouvais, ce n'était pas assez. Je raccrochai. Tentai de me calmer en regardant la place, les gens. Quelle place ? Quelles gens ? Je rappelai et demandai à Annabel de me joindre sur mon portable, sachant qu'elle ne le ferait pas puisque, si elle avait envoyé un texto, c'était pour ne pas m'avoir en direct. Elle aurait pu se contenter de me dire qu'elle dînait dehors, sans préciser avec qui. Ça lui était arrivé plusieurs fois et je ne lui avais posé aucune question. Elle savait qu'en me donnant le nom de Fabien, elle me plongerait dans la pire de mes angoisses : qu'elle retourne une fois encore avec lui. Pourquoi avait-elle fait ça ? Parce qu'elle était déjà de retour avec lui ? L'hypothèse optimiste était qu'elle avait voulu exciter ma jalousie, l'hypothèse pessimiste qu'elle n'avait rien à faire de ma jalousie. C'était beaucoup de mépris, ce texto désinvolte après trois semaines de vie commune. Fallait-il qu'Annabel soit heureuse de revoir son ex pour me le claironner ainsi sans tenir compte de mes sentiments pour elle. Et envers lui. C'était comme si elle rapportait un trophée. La coupe d'un tournoi de tennis. Ce mépris et ce bonheur signifiaient mon renvoi, à plus ou moins brève échéance, avenue Reille. Je relus le message, son sens me parut bien : « Va-t'en ! » Je l'effaçai. Je m'en irais. Tous les gens sourient dans les catastrophes, c'est parce que la mort a quelque chose de gai : on est délivré de la vie. Une fois prise ma décision de rentrer chez moi, je me sentis bien. De plus, ça me donnait une occupation pour l'après-midi et la soirée. La chose dont j'avais besoin.

Je revins à l'appartement par le boulevard des Batignolles. Dernière fois que je passais devant ce resto italien qui faisait des réductions pour les étudiants ? En trois semaines, j'avais accumulé chez Annabel diverses affaires, surtout des livres, des CD et des DVD achetés dans les solderies de l'avenue de Clichy où j'avais traîné, insouciant, quelques minutes plus tôt. Il me fallut faire un tri, ce qui dura jusqu'à l'heure du dîner d'Annabel et de Fabien.

– Est-ce que tu es fou ?

– Je ne sais pas. Je ne l'étais pas avant de te rencontrer.

– Laisser les clés dans la boîte aux lettres ! Elles sont forcées sans arrêt. Pas difficile, après, de savoir quel appart les clés ouvrent. Tu peux me dire pourquoi tu es rentré chez toi ?

– Je ne voulais pas gêner tes retrouvailles avec Fabien.

– Alors c'est toi l'inventeur de la formule « capituler en rase campagne » ?

– Si tu avais eu la gentillesse de m'appeler, comme je te le demandais, j'aurais pu me dire que j'avais une chance.

– Je n'ai pas eu le temps. J'étais en rendez-vous sans arrêt. Dans un bureau de presse, on bosse. Ce n'est pas comme dans un journal.

– Donne-moi des nouvelles de mon frère au lieu de t'en prendre aux journalistes. C'est bizarre qu'il ne m'ait pas appelé. Il se doute de quelque chose, pour nous deux ?

– Il est en superforme. Beau comme un dieu. Pour nous ? Non. Je lui ai quand même dit que j'étais avec quelqu'un. Un type plus âgé que moi. J'ai dit cinquante ans parce que, si j'avais dit quarante, Fabien aurait peut-être pensé à toi. Et il vaut mieux pas, pour vos rapports futurs.

– Il saura que c'est moi quand il nous verra tous les deux.

– Tu viens de me quitter.

– On n'est plus ensemble ?

– Tu es parti avec toutes tes affaires. Tu m'as rendu les clés.

– Tu ne seras pas obligée de faire un nouveau jeu pour mon frère.

– Tu es con.

– Il t'a proposé de se remettre avec toi ?

– Il n'a fait que ça pendant le dîner. Il n'a pas touché à son assiette. Sobre comme un chameau. Même pas clopé. Il m'a rendu les clés de Neuilly.

– Tu les as prises ?

– Il a dit que, sinon, il les laissait sur la table. Il y a des trucs qui valent une fortune, là-bas. Je le sais : c'est moi qui les ai achetés.

– Et les clés d'Enghien ?

– Il a vendu Enghien ! Vous vous moquiez tous

de moi avec le SDF, n'empêche que c'était lui qui décourageait les acheteurs.

– Plus rien ne s'oppose à ton union avec mon frère, si je comprends bien.

– Si : moi. Fabien sait comment me prendre, mais là, il est tombé sur un os. Il m'a fait le coup cinquante fois ! Maintenant, ça ne marche plus. J'en ai trop bavé avec lui. C'est terminé.

– On peut se voir, alors ?

– Pour quoi faire ? Il ne fallait pas t'en aller. Tu es con d'être parti. Ça m'a fait de la peine. Tu as cru que je retournerais avec Fabien dès qu'il aurait claqué des doigts. Tu m'as prise pour une conne. Je n'aime pas ça.

– Je sais.

– Je te laisse, j'ai un tas de trucs à faire. À propos, j'ai décroché le contrat cinéma.

– Félicitations.

– On s'appelle ?

– Tu sais bien que « on s'appelle ? », ça signifie « on ne s'appelle pas ».

– Tu es con.

Elle raccrocha. Je me demandai si elle me redirait un jour que j'étais con. C'était tellement vrai. Ce qui m'exaspérait le plus, c'était d'avoir abandonné – sans combattre, comme elle l'avait souligné – la position stratégique de la rue des Batignolles. Ç'aurait compliqué le travail de Fabien et la vie d'Annabel si j'étais demeuré dans l'appartement de celle-ci pendant la tentative de mon frère pour la reconquérir. Je ne pouvais même pas y retourner : je n'avais plus les clés.

Annabel ne m'ayant pas donné la moindre nouvelle depuis notre explication téléphonique, trois jours plus tôt, j'étais persuadé de la trouver, le dimanche suivant, dans le salon de Marolles, écoutant Saverio commenter le dernier attentat commis à Bagdad dans un centre de recrutement de l'armée (35 morts, 138 blessés), ou dans la cuisine, s'affairant avec Catherine à la préparation d'un couscous aux calamars farcis, puis sautant au cou de Fabien quand celui-ci descendrait de sa chambre où il aurait « pris un acompte » sur sa sieste de l'après-midi. Je m'étais, pendant le trajet, préparé à toutes les variantes de la scène : mon frère annonçant le mariage, Annabel m'embrassant sur les joues, Saverio débouchant une bouteille exceptionnelle de mon père pour fêter l'événement, Catherine pleurant de bonheur ou de rage sous la transparence de ses sourires maternels. Mais Fabien était venu seul. Pas encore remis avec Annabel ? Ou était-ce celle-ci qui avait, eu égard à la fraîcheur de notre rupture, décidé de respecter un deuil marollais avant de reparaître dans notre famille ? Ça me fit plaisir de revoir mon frère. J'imaginai ce que ç'avait dû être pour Annabel. Elle avait raison : il était beau comme un dieu.

– Tu as bonne mine, dis-je. Tu as arrêté la drogue ?

– Non : l'alcool.

Il me demanda comment les trois dernières semaines s'étaient passées pour moi. Le journal. Profiterais-je du portail ? Non. Dans ma position, je ne risquais pas grand-chose. Et puis, le nouveau propriétaire était un des fans de Fabien. Mon frère sourit et dit :

– Tu es con.

Ça me parut la preuve flagrante qu'Annabel et lui s'étaient beaucoup revus depuis leur dîner. Comment s'était passé le tournage en Hongrie ?

– Après le départ d'Annabel, ç'a été au beurre. Je vais cartonner, là-dedans.

– Et Sophie ?

– Ta fromagère ? Je ne l'ai pas vue. Elle ne m'a pas appelé. Je n'avais pas son numéro. Je ne pouvais pas la joindre. Je n'ai rien compris. Quand est-elle rentrée à Paris ?

– Je ne sais pas. On n'est plus ensemble.

– Pourquoi ?

– J'en avais marre, et elle aussi.

– Dommage, le peu que je l'ai vue, ça m'a paru une fille bien. Bon, ce n'est pas encore cette fois-ci qu'on va te remarier.

– Et toi, tu te maries quand, avec Annabel ?

– Annabel ! Je ne t'ai pas remercié pour ce que

tu as fait. Je n'oublierai pas. Sur ce coup, tu as été génial. Sans exagérer, tu as sauvé ma carrière. Avec cette chieuse dans les pattes à Buda, j'étais parti pour me prendre un gros, gros gadin.

– Annabel m'a appelé, cette semaine. Il paraît que vous avez dîné ensemble.

– Ouais.

– Et alors ?

– Ça roule. Elle m'a dit que pendant mon absence elle avait couché avec un vieux mec de cinquante ans, mais je ne la crois pas. Elle raconte ça pour m'emmerder. Elle a raison : ça m'emmerde. Elle t'a parlé de quelqu'un ?

– Je suis la dernière personne à qui elle en aurait parlé. Elle s'installe à Neuilly ?

– Elle y est depuis hier. Elle adore. Évidemment : c'est elle qui a tout choisi. Tu es là fin juillet ? On va pendre la crémaillère le 23 ou le 24 avant de partir à Gassin, près de Saint-Trop. J'ai loué la villa d'un copain. Tu es invité, bien sûr. À la crémaillère et à Gassin.

Je croyais posséder la bombe atomique : révéler à Fabien que c'était moi, le vieux mec de cinquante ans avec qui Annabel avait couché pendant son absence. L'ennui, c'est que je sauterais avec, me fâchant d'un même coup avec mon frère et sa fiancée, mon unique amour. Ainsi que ma mère qui ne me pardonnerait pas d'avoir trahi son fils préféré. J'avais pensé qu'en se mettant avec moi Annabel accomplissait un acte irréversible, ne comprenant pas qu'elle était protégée par le secret que j'étais obligé de garder sur nos relations si je ne voulais pas que ma vie familiale parte, sous le regard amusé de la jeune femme, en fumée. Annabel avait une seconde ligne de défense pour le cas où, malgré les risques, je déclencherais la guerre nucléaire : prétendre que je l'avais harcelée mais qu'elle s'était refusée à moi. Ce qu'elle ferait quelques mois plus tard avec succès auprès de Fabien, de Catherine et de Sophie. Fabien eut la confirmation que j'étais fou, ce dont il ne doutait plus depuis qu'il était enfant et sortait en été jouer dans le rues de Marolles alors que je restais à la maison à lire toute la presse. Pour Catherine, j'avais manifesté une fois de plus ma nature de fouteur de merde, déjà évidente dans mon choix de la profession de journaliste. Sophie crut Annabel, la version de celle-ci étant la plus vexante pour elle, la renvoyant à la quatrième place alors qu'elle se croyait désormais à la deuxième, puisqu'à Budapest elle avait fait plusieurs fois l'amour avec mon frère. Le destin de ma seconde épouse était d'être vexée par Annabel ou des filles comme elle, beautés solides et brillantes qui rayaient sa carrosserie fragile de femme moyennement jolie. Je me retrouve aujourd'hui seul avec mon secret éventé, bien plus mort aux yeux de ma mère, de ma femme et de mon ex que Fabien dont elles entretiennent, chaque dimanche à Marolles et pendant la semaine, au fil d'interminables conversations téléphoniques à l'heure des repas, le culte.

Le reste du mois de juin, j'évitai la Brie sous divers prétextes tandis qu'Annabel, me racontait Catherine au téléphone, reprenait peu à peu ses marques dans la maison des Verbier. Maîtrisait désormais presque la confection du couscous sucré, appelé aussi « douceur de la mariée ». Allusion à de futures noces entre mon frère et elle ? J'avais donc un chagrin d'amour. Gros. Je me souviens de tous les films que j'ai vus, seul, dans les salles de la place de Clichy parce que le quartier me rappelait Annabel. Je les ai rachetés à leur sortie en DVD et les regarde de temps en temps. Comme Annabel et moi nous ne faisions pas grand-chose ensemble à part marcher dans les rues, je marchais dans les rues. La place de ma petite madeleine. C'est peut-être pour ça qu'Annabel est retournée avec mon frère : voulait s'asseoir.

Début juillet, je reçus un appel de Sophie. Je décrochai dans le seul but que la fromagère me donne des nouvelles d'Annabel. Je n'en avais aucune. Peut-être même avait-elle chargé Sophie de me faire passer un message ? pensai-je absurdement dans un de ces délires éveillés propres aux hommes largués par la femme qu'ils aiment. Mon frère ne m'appelait pas. Catherine s'en tenait, concernant la jeune femme, au domaine culinaire. Et vestimentaire. La fiancée de Fabien était venue à Marolles, un dimanche, en jupe. En minijupe ! Se doutaient-ils de quelque chose ? Y avait-il eu des révélations ? Une gaffe ? Je sais aujourd'hui qu'il n'y a rien eu de tel. Tout le monde à Marolles se désintéressait de moi. C'est tout.

– Bonjour, Gilles.

Je n'étais plus habitué à la gentillesse d'une voix de femme, ayant vécu la moitié de juin avec un grincement de dents doublé d'un grincement de porte, l'ensemble agrémenté de récurrents « Tu es con ». Je dis à Sophie que j'étais ravi de l'entendre et m'étonnai *in petto* de constater que c'était vrai.

– Tu es rentrée de Hongrie ? demandai-je.

– Dès que j'ai eu ton message. J'étais trop triste.

– Tu n'as pas dîné avec Fabien, alors ?

– Non. À propos, que devient ton frère ?

Cette question tordue, froissée et tendre aurait dû me mettre la puce à l'oreille, mais j'ai déjà expliqué qu'un homme amoureux est sourd, surtout aux propos d'une femme dont il n'est pas amoureux.

– Il s'est remis avec Annabel. Jusqu'à ce que ça re-pète. C'est leur problème. Et toi ?

– Comme avant. La boutique.

– Les affaires marchent ?

– Les Français et le fromage : une vieille histoire sans fin.

– Comme celle de mon frère et Annabel.

Il fallait que je dise ce prénom. Et maintenant que je l'écrive : Annabel, Annabel, Annabel, Annabel, Annabel !

– Elle aura une fin, l'histoire de ton frère et d'Annabel. Ils ne se supportent pas.

– C'est lui qui te l'a dit ?

– Quand me l'aurait-il dit ?

– Comment le sais-tu, alors ?

Elle crut que je la soupçonnais à juste titre, mais mon esprit était ailleurs et je posais des questions mécaniquement, comme j'ai appris à le faire dans mon métier.

– D'après ce que tu racontes, dit Sophie. Ils se disputent tout le temps, non ? C'est même à cause d'eux qu'on a foiré notre week-end à Budapest. C'est qui, à propos, la femme dont tu es tombé amoureux dans l'avion ? Annabel ?

– Ce n'était pas dans l'avion.

– La chauffeuse de taxi ?

– Non. Et puis c'est terminé.

– Tant mieux, parce qu'il faut que je te parle de nous.

– Nous ?

– Ce qui reste de nous.

– Rien.

– Si : quelque chose.

Ce quelque chose, pensai-je, pouvait être le sida, ou un bébé.

– Je t'ai refilé une maladie ? Mortelle ?

– J'attends un enfant.

– De moi ?

– Je n'ai pas couché avec un autre homme depuis un an et demi.

Elle me proposait de venir parler de son état intéressant chez elle, devant un assortiment de ses produits. Pour oublier son chagrin de m'avoir perdu, dit-elle, alors que c'était celui de ne pas avoir réussi à garder Fabien, elle avait beaucoup travaillé ces dernières semaines, notamment sur le fromage corse dont elle était en passe de devenir, comme pour le chèvre de Loire, une des grandes spécialistes parisiennes.

– Je suis certaine que tu vas adorer le fium'orbo. C'est un fromage de brebis qu'on ne mange plus après la fin juin. Il faut se dépêcher.

Rue de l'Abbé-Groult, je repris ma place à table, puis dans le lit. Happé par le sentiment d'intimité que j'avais auprès de la fromagère. Avec Annabel, j'étais chez moi ; avec Sophie, chez elle. Pour l'enfant, la fromagère ne demandait rien, sauf de le garder, mais elle n'avait pas à me le demander. Je le reconnaîtrais ou pas, selon mon envie. Pour le voir ou pas, *idem*. Je pourrais m'en occuper peu, beaucoup ou pas du tout. Rester avec elle ou la quitter. De l'argent, elle n'en voulait pas : elle en avait plus que moi. Si je la quittais, je pourrais revenir quand je voudrais. Elle n'aimerait jamais un autre homme que moi. Je sais aujourd'hui que ça signifiait qu'elle n'aimerait jamais un autre homme que mon frère. Mon frère, néanmoins, c'est un peu moi. C'était. Sophie ne parla pas une fois de mariage et parut étonnée quand, moi, j'en parlai. Beaucoup de gens se marient pour de mauvaises raisons et je choisis la pire : énerver la femme que j'aimais. Qui s'en moquait. Mon lecteur devinera la réponse que me fit Annabel quand je lui annonçai au téléphone, le lendemain, mon prochain mariage avec Sophie, enceinte de moi.

Ayant décoré l'intérieur de Fabien, Annabel montrait celui de sa propre personne : goût du luxe et du confort, manie de l'ordre et de la propreté. À Puvis-de-Chavannes, tout était organisé pour que le maître de maison se sente le maître du monde. Dans le salon on allait avec majesté d'un fauteuil Louis XV à une commode Empire. Une petite barrière du Roi-Soleil, dans la chambre, séparait mon frère et sa compagne, couchés dans un lit King-Size, de leurs éventuels courtisans.

– Comment tu trouves ? demanda Fabien.

– Bon.

– Aujourd'hui ce n'est pas un film, c'est mon nouvel appartement.

– Beau.

Je ne savais pas ce qu'était une crémaillère avant d'ouvrir le vieux Littré de mon père que celui-ci lisait après dîner comme d'autres déplient un journal ou allument la télé, et de trouver : « *Pièce de fer plate, dentelée, recourbée par le bas, qu'on suspend dans les cheminées pour soutenir la marmite sur le feu.* » Il n'y avait pas de cheminée chez Fabien et Annabel le regrettait. Elle adorait les bonnes flambées et j'avais vu, à Marolles, qu'elle était experte dans l'allumage des feux de bois, ce qui permettait à mon frère, qui ne croyait pas si bien dire, de l'appeler l'Allumeuse.

Il y avait, chez Fabien, quelques jeunes acteurs et actrices connus et je sentais que Sophie se retenait de leur demander des autographes. J'avais commencé par prendre soin de me tenir à l'écart d'Annabel. Quand je me rendis compte qu'elle en usait de même avec moi, ça m'énerva et je n'eus de cesse d'avoir un aparté avec elle. Je finis par la coincer à la sortie de la cuisine alors qu'elle en sortait avec un plateau de sushis.

– Si tu laissais ce boulot à l'extra ? proposai-je.

– Si tu allais t'occuper de ta future femme ? Qui, je te le rappelle, est enceinte.

Cette voix méchante, vulgaire, lugubre – synonyme pour moi de tant de bonheur passé.

– Pas toi ? demandai-je.

– Quoi ?

– Tu n'attends pas d'enfant ?

– Qui te l'a dit ?

D'abord je pensai qu'elle plaisantait, mais son regard opaque, marbré d'angoisse, indiquait le contraire.

– Tu attends un enfant ? demandai-je.

– Oui. Comme Sophie. C'est gag.

Elle tendit son plateau à l'extra et retourna dans la cuisine où je la suivis.

– Quel désordre ! se plaignit-elle.

Elle ne put s'empêcher d'aligner les bouteilles vides, de plier les serviettes de table, de rincer les verres sales, de vider les cendriers pleins.

– Tous ces gens qui fument chez moi me dégoûtent. On devrait pendre la crémaillère pendant les travaux.

– De qui, cet enfant ?

– Fabien ou toi. Plutôt Fabien, d'après les dates. Mais ça se chevauche. Si je puis dire.

– Tu vas le garder ?

– Tu plaisantes ? Ça fait des mois que j'essaie de tomber enceinte. Je ne m'amuserais pas à avorter.

– S'il est de moi ?

– Tant pis. Vous êtes frères. C'est le même sang. Arrête, il n'est pas de toi. On n'a presque pas baisé.

– Pardon ?

– Je n'ai pas souvenir qu'on ait beaucoup baisé.

– Tu as un blème de mémoire.

– Comment tu parles ? Tu te prends pour un rappeur ? Tu n'as plus l'âge, pépère. Et Fabien qui a décidé d'annoncer devant tout le monde qu'il va être papa ! Je ne saurai plus où me mettre.

Elle sourit. Ce sourire d'enfant pour qui j'aurais

donné ma vie. Je l'ai à peine vu : une dizaine de fois. C'est celui qu'Annabel aurait eu tous les jours si elle m'avait aimé, ce qui m'aurait permis de descendre sur terre et non de rester perché jusqu'à ma mort au-dessus du monde, tel un oiseau de malheur.

Fabien entra dans la pièce en coup de vent. Heureusement que sa fiancée et moi nous n'étions pas en train de nous embrasser.

– Anna, viens, je vais faire mon annonce.

Tout le monde appelait Annabel Anna, sauf moi.

– Tu es sûr que ça s'impose ?

– Ils sont tous là, c'est plus pratique.

– Envoie-leur un SMS demain. Moi, ça me gêne. J'ai l'impression d'être une vache au Salon de l'agriculture.

– Arrête. Ça va se passer hyperbien. Ils seront fous de joie.

– Pourquoi seraient-ils fous de joie ? Déjà, toutes les filles vont me faire la gueule.

– Ce que tu peux être défaitiste !

Je guettais, en grignotant quelques chips au chorizo, les prémisses d'une nouvelle dispute – d'une prochaine séparation ? – entre Annabel et mon frère.

– Ça ne veut pas dire ça, défaitiste.

– L'heure n'est pas aux leçons de grammaire.

– Ce n'est pas de la grammaire, c'est du vocabulaire. Demande à Gilles, si tu ne me crois pas.

– Je connais la différence entre grammaire et vocabulaire.

– On ne dirait pas.

– Tu as décidé de me faire chier ?

– Oh, du calme. On va la faire, ton annonce. Un bisou, d'abord.

Excédé, Fabien embrassa sa fiancée sur la joue.

– Mieux que ça.

– Je vous laisse, dis-je.

– Non, dit Annabel. Tu restes. Après, tu sauras comment faire avec Sophie.

Sur son ordre, je les regardai échanger un long baiser de cinéma, car c'était là que nous étions : au cinéma. Je rejoignis ensuite Saverio et Catherine. C'étaient, avec les Barroso, les seuls vieux de l'assistance. Cette façon qu'ont les années de rendre les gens anodins. M. Barroso était pourtant l'inventeur d'une des composantes du four à micro-ondes, origine de la fortune familiale. Ma mère qui effaçait sa beauté comme avec une gomme à force de se dire trop fort qu'elle n'était plus jeune. Saverio aux longs cheveux blancs de hippie mort. Madame Barroso : Annabel renversée par un camion de produits cosmétiques et restée vingt-sept ans dessous.

La maison de Gassin était rose, avec un étage. Il y avait cinq fenêtres au rez-de-chaussée et cinq au premier. Au-dessus du toit de tuiles, le ciel bleu tropézien, gigantesque, dense comme un saphir. De la terrasse nous contemplions la piscine au bord de laquelle, sous un parasol, Annabel et Sophie somnolaient. L'exposition au soleil est déconseillée aux femmes enceintes, ça fait des taches brunes sur la peau.

– Pendant que j'étais en Hongrie, dit Fabien, j'ai appelé les Batignolles.

Il fumait un cigare. Autre manie qu'il avait prise dans le milieu du cinoche et que déplorait Annabel.

– Quelqu'un a décroché.

– Annabel ?

– Elle m'aurait parlé.

– Tu l'avais tellement engueulée à Budapest qu'elle n'avait peut-être pas envie que ça recommence.

– Je la connais : elle n'aurait pas pu s'empêcher de l'ouvrir, ne serait-ce que pour me couvrir d'insultes. Je lui ai touché un mot de ce coup de téléphone. Elle n'en garde aucun souvenir. Quand je lui ai demandé qui a décroché, elle a dit : « Sans doute mon mec de l'époque. » Il dormait chez elle de temps en temps.

– Tu es mieux renseigné que moi.

– Tu n'as aucune idée de qui c'est ?

– Tu m'as appris son existence.

– Cette fille ne sort jamais, elle ne connaît personne. Elle laisse son portable en permanence sur messagerie par peur de devoir parler à quelqu'un qu'elle ne connaît pas. Comment a-t-elle pu rencontrer si vite quelqu'un ?

– Peut-être qu'elle ment – sur le mec, le coup de fil.

– Elle n'est pas menteuse. Elle se fout trop des gens pour s'abaisser à leur cacher quelque chose. Elle leur balance la vérité comme si elle leur crachait à la gueule. Ce que je crois, c'est que le type a décroché, a entendu ma voix et n'a pas voulu révéler la sienne. C'est donc quelqu'un qui me connaît et que je connais. Qu'est-ce que j'ai comme mecs de cinquante ans dans mes relations ? Aucun avec qui Annabel se mettrait au lit. Même si elle était furieuse contre moi.

– Ou alors elle ment sur l'âge du mec.

– Elle pourrait. Sur les détails, elle s'embrouille.

– Si c'était quelqu'un de plus jeune ? De son âge ? Elle l'aurait rencontré dans une de vos sauteries. Un acteur. Un de tes potes.

– Tu as raison. Ils sont canons, mes potes. J'en vois au moins trois ou quatre possibles.

– Les acteurs, elle aime ça, Annabel. Ça a plein d'avantages : ils sont jeunes, mignons, friqués et jamais là. Si j'ai un conseil à te donner, c'est de faire un test ADN quand naîtra ton enfant. Tu verras si c'est le tien.

– La procédure est compliquée.

– Tu as un avocat.

– Ce que tu dis est idiot. Jamais Annabel n'aurait couché avec un autre type sans préservatif, et tous mes potes acteurs baisent avec une capote. Vu le blé qu'ils se font, ils tiennent énormément à la vie. Cet enfant est de moi.

– Je trouve bizarre que vous essayiez sans succès pendant six mois de faire un bébé et que c'est quand vous n'êtes pas ensemble qu'Annabel tombe enceinte.

– On avait baisé à Budapest, avant de rompre. Les dates concordent. Mais, si tu veux, on fera le test ADN. Comme ça, tu seras sûr.

– Moi, je m'en fiche. Je ne suis pas raciste. Je serais d'accord pour élever l'enfant d'un autre.

– Et si l'enfant qu'attend Sophie n'est pas de toi ?

– Je préférerais qu'il ne soit pas de moi.
– Pourquoi ?
– Parce que je ne me plais pas.

Nous descendîmes les huit marches du perron et nous nous étendîmes à côté d'Annabel et de Sophie, au soleil car nous n'attendions pas d'enfant : nous en étions. Pas difficile de comprendre qu'une maman devient notre maman même quand on couche avec elle. Lorsqu'on aime une femme, on ne la met pas enceinte : ça la change trop. Si j'avais été le fiancé d'Annabel, je ne lui aurais pas fait de bébé. Et ce n'est pas moi qui en ai fait un à Sophie.

Du restaurant La Voile rouge, je me rappelle surtout la fromagère : elle baignait dans le succès absolu de son opération d'intégration dans le clan Verbier, dominé royalement par la figure solaire de Fabien. Tandis qu'Annabel, à son habitude, faisait grise mine et demandait toutes les cinq minutes quand est-ce qu'on rentrait à Gassin, Sophie rayonnait au milieu des strings dorés et des salades farfelues. Dès qu'une tête connue s'approchait de notre table ou s'y arrêtait pour un court entretien avec mon frère, la fromagère tripotait avec nervosité son téléphone portable qui faisait appareil photo. Je l'avais chapitrée au sujet des autographes, mais n'avais pas donné de consigne spéciale pour ses velléités de paparazzi : du moment qu'elle restait discrète, elle pouvait photographier qui elle voulait. Elle ne s'en privait pas.

Elle s'empressait d'envoyer les clichés à ses employés, deux hommes eux-mêmes en vacances mais dans un endroit moins bien fréquenté.

Ce lundi matin de la mi-août, Fabien, tête nue sur une moto (au risque d'avoir un gros problème avec la gendarmerie locale, rendue célèbre par le film de Jean Girault, et un problème encore plus gros avec sa compagnie d'assurances), rapporta de Gassin le numéro de *Voici* dont il faisait, avec Annabel, la couverture : sur la plage du Club 55, ils étaient assis l'un à côté de l'autre. Annabel portait un tee-shirt vert et regardait la mer derrière ses lunettes de soleil Bulgari. Je m'en souviens parce que ça me rappelait Burgas où j'avais fait un reportage à l'été 2001. La fiancée de mon frère avait déjà pas mal grossi et se trouva affreuse, avis que Fabien me parut partager alors que, pour moi, même obèse comme elle est aujourd'hui, elle reste la plus belle femme qui soit jamais apparue sur terre. Je n'ai plus la possibilité de la voir, mais je regarde les photos d'elle que, chaque dimanche ou presque, Sophie prend à Marolles, ce qui me permet de suivre l'évolution du poids de la mère de mon enfant. Sur la couverture de l'hebdomadaire people, Fabien était torse nu et fumait une cigarette. Sa période antitabac n'avait pas duré longtemps. Il s'était remis au whisky-Coca. Moyenne : cinq à six par jour. Il ne portait pas de lunettes de soleil. Il avait cessé d'en mettre après un safari au

Kenya avec sa précédente petite amie, constatant que les guides et les boys kenyans s'en passaient très bien. Je reconnus mon genou et le corps blanc de Sophie dont on ne distinguait pas le visage. Nous nous trouvions derrière le couple vedette, à leur gauche, donc à droite sur la photo. Sophie restait béate, stupéfaite.

– Même dans mes rêves les plus fous, finit-elle par dire, je n'aurais jamais pensé faire un jour la couverture de *Voici*.

– On ne voit que tes cuisses, dis-je.

– Les hanches aussi. Et les bras. Mon maillot Erès ! On voit plein de choses.

– Sans le visage, qui te reconnaîtra ? insistai-je méchamment.

– L'important c'est que moi je sache que c'est moi. Il y a quoi à l'intérieur ?

Elle avait raison de poser la question. Dans le journal, la photo était imprimée en entier, nous y figurions tous les quatre : Annabel enfermée dans sa sublime neurasthénie, Fabien écrasé de soleil et d'ennui, Sophie en star hollywoodienne apaisée, et moi transformé en un regard de chien transperçant pour l'éternité la fiancée de mon frère.

À Gassin Annabel ne m'évitait plus. Son ventre de femme enceinte assurait, pensait-elle, sa sécurité par rapport à moi. C'était un gilet pare-balles dans lequel elle allait et venait avec indolence sous mon nez pointu. Elle et moi étions, dans la maison, les premiers levés. La fromagère avait vite perdu son habitude de se réveiller à l'aube et mon frère, quand il ne jouait pas dans un film, n'était pas debout avant 1 heure de l'après-midi. Les lève-tard ont le prestige de l'absence d'inquiétude. Dormir beaucoup semble un privilège, comme disposer d'une fortune. Le gros dormeur est celui qu'on attend, tel un président de la République ou un roi. Il manifeste, par son excès de sommeil, son insouciance, donc sa souveraineté. Ainsi que son indifférence à notre personne, qui entraîne notre intérêt pour la sienne.

Fabien avait trouvé un couple d'autochtones et leur fils de dix-sept ans pour tenir la maison. Le mari cuisinait, la femme faisait le ménage et servait à table, le garçon s'occupait du jardin. Chaque matin, le petit déjeuner était prêt sur la véranda et c'était là que je retrouvais Annabel vers 8 heures 30, 9 heures. Nous n'avions pas dormi ensemble mais nous étions réveillés en même temps. C'était notre lien. Elle s'asseyait lourdement sur une chaise, toujours la même. La névrose, m'avait appris Saverio à une époque où il voulait m'initier à la psychanalyse, c'est la répétition. On parlait à voix basse, car dans une grande maison tout s'entend. Je me souviens de l'explication que j'eus avec la fiancée de mon frère, trois ou quatre jours après notre arrivée, Sophie et moi. Elle aussi fut donc chuchotée. Nous avions commencé par échanger nos points de vue sur les restaurants et les boîtes de nuit de la région. Annabel me considérait avant toute chose comme un journaliste Art de vivre et avait tendance à vouloir rester, avec moi, sur ce territoire. Surtout depuis que nous avions vécu ensemble. Fabien avait commencé par l'emmener dîner, avant notre arrivée, aux Arcades, le restaurant du Byblos. On leur avait donné la meilleure table, comme partout. Les égards dont les gens entouraient mon frère agaçaient Annabel tout en flattant sa vanité, et c'était l'une des raisons pour lesquelles elle était si brusque avec lui, une autre étant qu'elle était brusque avec tout le monde. Il y avait aussi le Bistrot des Lices où je les invitai tous, le soir de notre arrivée. Coût : 390 euros. Le whisky-Coca est cher à Saint-

Tropez, surtout quand on en boit quatre pendant le repas. Le lendemain, Annabel insista pour payer l'addition au Restaurant du Château, route de Tahiti. C'était, à ce jour, l'endroit de la presqu'île qu'elle préférait. Le panorama à 360 degrés sur le golfe, la symphonie des pins, la ligne pâle de la plage de Pampelonne. Le chef Franck-Louis Broc est un des chouchous de mon journal dont l'ancien directeur possède une villa à L'Oumède, et il se mit en frais pour moi presque autant que pour Fabien, ce qui réjouit Sophie. Je me souviens qu'Annabel prit un pot-au-feu de lotte et une tarte fine au thym. Mon propre menu a disparu de ma mémoire. Parmi les pianos-bars, ma préférence allait à l'Octave-Café qu'Annabel jugeait, comme Fabien, ultraringard, tous deux étant des fans de La Bodega du Papagayo. Les boîtes de nuit – La Plage, Les Caves du Roy, L'ex-Bal –, Annabel les détestait toutes : endroits où les gens ne faisaient que fumer, boire et accaparer son mec. Et où presque toutes les filles étaient plus belles qu'elle, sauf à mes yeux qui ne comptaient pas pour elle.

– Je suis heureuse que tu te sois remis avec Sophie, me dit-elle ensuite.

– J'ignorais que tu aimais autant le fromage.

– Tu es con.

Ça faisait plusieurs mois que je n'avais pas

entendu cette phrase dans sa bouche et j'en fus si bouleversé que j'eus les larmes aux yeux.

– C'est une fille bien, dit Annabel.

– J'en avais trouvé une mieux : toi.

– Ça n'aurait pas marché. Comment aurait-on fait avec ton frère, ta mère ? Ils ne nous auraient jamais pardonné. Avec mes parents, ça n'aurait pas été simple non plus. On se serait retrouvés tous les deux brouillés avec notre famille.

– Et après ?

– C'est important, la famille. Quand tu es dans le pétrin, il n'y a qu'elle pour t'en sortir. L'amour passe. Tu changes de partenaire. La famille, tu ne peux pas en trouver une autre. Si tu la perds, c'est pour toujours.

Je la regardais étaler le beurre et la confiture sur une tartine dans laquelle elle mordit à pleines dents. Rue des Batignolles, elle ne prenait rien le matin et je commençais à me dire que c'était parce qu'elle était angoissée du fait que nous vivions ensemble.

– Je suis contente, reprit-elle, parce que je m'entends bien avec Sophie. Ma hantise, c'était que tu te colles avec une fille qui me déplairait. Là, par exemple, on serait supermal. Alors qu'on passe des vacances de rêve. Si j'étais restée avec toi et qu'on soit fâchés avec ta famille et la mienne, est-ce qu'on passerait d'aussi bonnes vacances ? Où serait-on allés, d'abord ?

– N'importe où.

– Pas terrible, comme destination.

– La vie n'est pas une question de vacances.

– Ça revient souvent. Et puis, maintenant que je l'ai arrangé, j'aime trop Puvis. Ça m'aurait rendue malade qu'une autre nana s'y installe. Avec Fabien, ça n'aurait pas traîné.

J'avais été battu par ma famille, la sienne et l'appartement de Fabien. Le mur, le murmure de l'argent. Je demandai à Annabel pourquoi elle avait, en mai dernier, accepté de coucher avec moi.

– J'étais à l'ouest à cause de mes embrouilles avec ton frère. Je me serais fait n'importe qui.

Elle rit et dit qu'elle déconnait : elle se trouvait alors dans l'impossibilité morale et physique de rester seule et, parmi ses connaissances masculines, j'étais l'unique type pas mal. Elle me redit, comme dans l'avion Budapest-Paris, qu'elle se sentait bien avec moi. J'avais quelque chose qui la calmait, la rassurait. Je pense que c'était ma passion absolue et non réciproque pour elle. Ce qu'Annabel n'aimait pas chez Fabien, c'était qu'elle l'aimait ; ce qu'elle aimait chez moi, c'était qu'elle ne m'aimait pas. Mon frère lui prenait une liberté que je lui rendais : celle de ses sentiments.

– Ça n'a pas été trop douloureux de te faire de nouveau sodomiser ? demandai-je avec une ironie de mauvais goût, je l'admets.

– Fabien a arrêté, dit-elle. Il a tout arrêté. On ne se touche plus. Et moi, je préfère. J'en ai ras-le-bol du cul. Ça fait trop de complications.

Elle se leva soudain comme si de sentir son derrière appuyé sur la chaise la dérangeait en lui rappelant de mauvais souvenirs. J'ouvris mon ordinateur, l'équivalent moderne et par conséquent non fumeur, dans la vie comme dans les romans, d'allumer une cigarette.

Le choix était, chaque jour, entre descendre à la plage et rester au bord de la piscine. Fabien et Sophie étaient partisans de la plage, Annabel et moi nous préférions la piscine : impossible de dégager une majorité. La fromagère avait la même inclination que mon frère pour la frivolité, le spectacle, la frime – tandis que je partageais avec Annabel l'amour du calme, du silence, de la solitude. Dès qu'il était question des goûts profonds de chacun, les vrais couples se reformaient : Fabien avec Sophie, Annabel avec moi. Dans la Range Rover, louée par mon frère comme la moto, Sophie s'asseyait à côté de Fabien quand il conduisait, et si j'étais au volant, Annabel venait devant avec moi. On prétendait tous que c'était parce que ça faisait moins couples, alors que c'était l'inverse.

Réservée à la mère pendant les deux premières années de la vie de l'enfant, la recherche de paternité dut être demandée par Annabel alors que c'était Fabien qui la voulait. Ils ne s'étaient pas beaucoup séparés pendant la grossesse, deux ou trois fois. Ruptures dont je ne fus averti qu'après la réconciliation qui allait avec. Prudence d'Annabel ou négligence de Fabien ? Sophie passait plusieurs fois par semaine à Neuilly. Elle me disait qu'Annabel et elle avaient des conversations de futures mamans dont la fromagère cessa peu à peu de me rendre compte. Elles allaient aussi au cinéma, faisaient des courses. Elles se téléphonaient chaque soir. J'entendais Sophie causer une demi-heure avec la femme de ma vie. Je m'entretenais peu avec Annabel, et presque toujours au téléphone. Bientôt nous cesserions de nous voir et de nous parler alors que mon épouse reste une de ses amies les plus proches, sauf que maintenant elle s'enferme dans la chambre pour converser avec elle, soi-disant pour ne pas me gêner alors que c'est pour ne pas se gêner.

Elles accouchèrent à quelques heures d'intervalle le 5 février 2005, jour de la pose solennelle, à Brazzaville, de la première pierre du mausolée Pierre-Savorgnan-de-Brazza, en présence du président congolais Denis Sassou-Nguesso, du président gabonais Omar Bongo et du président français Jacques Chirac. Une honte, pour Saverio. Les Congolais n'avaient ni eau ni électricité pendant une bonne partie de la journée et on dépenserait des milliards de francs CFA pour bâtir un monument climatisé où logerait un mort, colonialiste par surcroît. Je lui rétorquai que les fonds du mausolée étant franco-algériens, les Congolais n'étaient pas volés d'un centime, que l'on comptât en euros ou en francs CFA.

– Vous ramenez tout à la politique, se plaignit Catherine.

Elle nous reprocha ensuite, à Sophie et à moi, de ne pas être allés à l'Hôpital américain comme Annabel, mais d'avoir choisi Notre-Dame-du-Bon-Secours, au fin fond du XIVe arrondissement.

– Maman, j'habite au fin fond du XIVe arrondissement.

Elle était soucieuse, notre mère. Elle pressentait, au sujet de ces naissances encore plus jumelles qu'il n'y paraissait, une embrouille, peut-être une tragédie. Ce furent deux garçons. J'ai vu Tom le lendemain de sa naissance, dans la chambre d'Annabel, à l'Hôpital américain. Je le revis à la messe funéraire pour Fabien, en l'église Saint-Sulpice. C'est tout.

Je reconnus Jean, et Fabien voulait attendre le résultat du test ADN pour en faire autant avec Tom. J'eus avec Annabel une conversation téléphonique sur ce sujet épineux.

– Je suis obligée d'en passer par là, dit-elle. Sinon, ton frère croirait que l'enfant n'est pas de lui et me planterait avec le gosse, nous virant de Puvis par-dessus le marché.

– Si le test est négatif ?

– Il y a une chance sur deux. Une malchance sur deux.

Elle rit. Elle riait toujours aux moments sérieux, dramatiques. Comme si, dès que les choses devenaient importantes, elles ne l'étaient plus pour elle.

– Si l'enfant n'est pas de lui, dis-je, il est de moi.

– Ça nous fait une belle jambe.

– Je l'élèverai.

– Tu en as déjà un à élever. De toute manière, Tom n'est pas ton fils. C'est le portrait de Fabien. Les mêmes grands yeux bleus. Pas ton petit regard marron.

Elle n'eut aucune difficulté à donner au juge des preuves de ses relations intimes avec mon frère : ils habitaient ensemble. Fabien accepta de bonne grâce, puisqu'il la souhaitait, la prise de sang à partir de laquelle se fit le test ADN.

Le jour où nous devions déjeuner ensemble pour la dernière fois, mon frère cassa un de ses lacets. Il n'y en avait pas de rechange à Puvis. Il prit d'autres chaussures, ce qui l'obligea à changer de pantalon. Il était furieux.

– Quand ça ne marchera plus pour moi dans le cinoche, dit-il en arrivant dans le restaurant, j'ouvrirai une boutique de lacets. De lacets et de slips. Ce sont les deux choses les plus difficiles à trouver dans le commerce. Fabien Verbier : lacets et slips. Non : slips et lacets.

– Un peu SM, comme enseigne.

Il ne me traita pas de con. Je me dis qu'il n'avait pas vu Annabel récemment, ce qui m'étonnait, car ils vivaient sous le même toit et lui-même n'avait pas de tournage avant la mi-juin. Une comédie romantique se passant à Chambéry. Les producteurs prennent du blé aux régions, m'avait-il expliqué un jour, mais après il faut tourner sur place, c'est le moment le plus pénible de l'opération. Je ne savais pas encore qu'Annabel avait quitté Neuilly et s'était installée avec son bébé rue des Batignolles. Elle avait vu le résultat du test ADN et avait été obligée de le montrer à mon frère : il était négatif. Fabien avait aussitôt mis à la porte la mère et l'enfant, malgré les protestations de la première dont il ne me donna pas le détail, mais que j'imagine :

– Toi ou un autre, quelle différence ? Nous, ça nous fait un bébé. On en voulait un : on n'aura qu'à dire à tout le monde qu'il est de toi !

Pour ce qui s'annonçait comme un repas de retrouvailles et qui fut un repas d'adieu au cours duquel ni l'un ni l'autre ne mangea quoi que ce soit, mon frère avait choisi, à Neuilly, La Truffe noire. Le Littré de mon père ne connaît pas la signification argotique d'une truffe, moi si : un con. Le restaurant se trouve place Parmentier, ce qui est amusant car son autre spécialité, après la truffe, c'est la pomme de terre. Dont ledit Parmentier fit, à ce qu'est aujourd'hui la station de métro Sablons, ses premiers essais de culture. Fabien commanda deux coupes de champagne.

– Pas de whisky-Coca aujourd'hui ?

– Non. C'est un jour spécial. On a quelque chose à fêter.

– Ta nomination aux césars ?

– C'est l'année prochaine, les césars. Ils viennent d'avoir lieu.

Je me souvins qu'à cette dernière cérémonie Fabien n'avait même pas été nominé. J'en fus triste parce que je l'aimais, et heureux parce que j'aimais sa fiancée. Ce qui s'appelle un sentiment partagé. Ignoré lui aussi du Littré qui ne reconnaît que les

« *grands sentiments, sentiments exagérés* ». Nous eûmes notre champagne. Dans un restaurant, c'est ce qui arrive le plus vite. L'eau minérale met beaucoup plus de temps.

– On fête quoi ? demandai-je.

– Le test ADN. Je ne suis pas le papa de Tom.

On fêtait donc aussi le fait que moi, je l'étais, et je crus alors le moment venu d'avouer à Fabien que j'avais couché avec Annabel en mai et juin derniers et que j'étais sans doute le père de son enfant. Je reçus le contenu du verre à champagne de mon frère dans la figure. Les clients de La Truffe noire auraient cru à une querelle entre nouveaux pacsés s'ils n'avaient pas reconnu Fabien Verbier, le héros de tant d'histoires d'amour avec des chanteuses, des animatrices télé et des petites comédiennes parues depuis quelques années dans la presse people, dite autrefois à scandales. Je protestai :

– Je ne t'ai rien pris : vous étiez séparés.

– C'est drôle que tu dises ça parce que, comme tu étais séparé de Sophie, je l'ai baisée.

– À Budapest ?

– Oui.

– C'est un bon coup, hein ?

– Pas mal. Moins bien que ce que je croyais. Bon, ça ne me dit pas trop de bouffer des truffes avec un mec qui a niqué ma gonzesse, même si c'est mon frère.

– Vous n'étiez plus ensemble et maintenant vous ne l'êtes plus non plus. Je ne vois pas où est le problème.

– Tu ne vois pas où est le problème ?

– Non.

– Il est dans ta tête, le problème. Dans ta tête. Et il est énorme.

Il quitta la table, ce que je jugeai peu viril. Mon frère avait parfois un comportement féminin. J'imagine que le métier d'acteur veut ça. Je me dis que pour réagir ainsi, il devait être encore amoureux d'Annabel. Au moins autant que moi. Peut-être davantage. Et qu'il souffrait comme moi à cause d'elle. Peut-être beaucoup plus, puisqu'il la voyait beaucoup plus.

– C'était comment, ton déjeuner avec Fabien ?

– Il m'a dit que vous aviez couché ensemble à Budapest.

– Tu m'avais quittée.

– Donc, c'est vrai.

J'avais peu d'affaires rue de l'Abbé-Groult. Il me fut facile de les rassembler. La seule chose que je ne pouvais pas emporter, c'était mon enfant, mais était-ce mon enfant ? Je posai la question à Sophie. Elle dit qu'elle n'en savait rien, ajoutant :

– Comme tu as reconnu Jean, je ne peux plus initier une recherche en paternité. Mais il y a des labos suisses et espagnols qui font des tests ADN sans qu'on ait besoin de les demander à la justice française. On prend un cheveu de mon fils, un des tiens et on les leur envoie. On a la réponse en quelques semaines.

– Au fond, je me fiche de qui est cet enfant. Je ne suis pas comme mon abruti de frère.

– Fabien n'est pas un abruti et souffre que tu le considères comme tel.

– Mon frère, souffrir ?

– Il t'admire et voit que tu le méprises. C'est affreux d'être méprisé par quelqu'un qu'on admire.

– Mon frère, m'admirer ?

– Tu n'as pas vu comment il te regarde. Dès que tu dis un truc, il rigole.

– Il n'a pas rigolé quand je lui ai dit que j'avais couché avec Annabel.

– Tu as couché avec Annabel ?

– Oui. Tu ne le savais pas ?

– Non.

Un petit choc émotionnel traversa son regard, rosissant ses joues, puis la fromagère reprit le contrôle d'elle-même, comprenant l'avantage tactique que lui fournissait cette révélation. Elle dit dans un sourire ému et soumis :

– On est quittes.

– Non.

J'ouvris la porte. Sophie me retint par le bras. Je n'allais pas me débattre.

– Tu ne t'en vas pas parce que je t'ai trompé avec Fabien mais pour retrouver Annabel, dit-elle. Tu es aussi amoureux d'elle que je suis amoureuse de lui, mais ni l'un ni l'autre ne nous mènera nulle part. J'ai parlé assez souvent et assez longtemps avec Annabel pour comprendre qu'elle ne t'aime pas plus que Fabien ne m'aime. Tu es un pion dans son jeu. Elle s'est servie de toi.

– Pour quoi faire ?

– Son enfant.

– Quel intérêt, puisque Fabien ne l'a pas reconnu ?

– Il l'aurait fait s'il ne s'était pas mis en tête de réclamer un test ADN.

Je me souvins que c'était moi qui, à Gassin, avais suggéré à mon frère de recourir à l'ADN pour être sûr de l'origine de l'enfant.

– Avec Tom, continua Sophie, Annabel avait l'argent.

– Elle est plus riche que Fabien.

– Ses parents, pas elle. Une fois maman du fils de la star, Annabel avait une position enviable et des revenus garantis. Plus besoin de bosser. Tu n'as pas remarqué comme elle a horreur de son boulot ? N'arrivant pas à se faire mettre enceinte par le cadet des Verbier, elle s'est repliée sur l'aîné.

– Elle te l'a dit ?

– Oui.

– Elle est folle.

– Bien sûr qu'elle est folle. Tu ne t'en étais pas rendu compte ? Tu ne l'as pas écoutée, regardée ? Peut-être méprises-tu trop les femmes pour les comprendre.

– Je méprise mon frère, les femmes : c'est tout ?

– Non. Toi aussi. Toi, surtout. Et comme tu te méprises, tu méprises les gens qui t'aiment. Tu ne vois pas ce qu'ils ont de bien. Tu n'aimes que les gens qui te méprisent. Tu ne vois pas ce qu'ils ont de mal.

– J'ai l'impression d'écouter Saverio.

– Tu ferais bien de l'écouter plus souvent, Saverio. Il t'expliquerait ça mieux que moi.

– Je croyais qu'Annabel était ton amie.

– Je ne peux pas être amie avec quelqu'un qui a autant de merde dans la tête.

– Alors pourquoi lui fais-tu croire que tu es amie avec elle, comme tu m'as fait croire que tu n'avais couché avec personne pendant notre séparation ?

– Parce que je suis une hypocrite et une menteuse. Maintenant, va-t'en.

Ses yeux noyés comme des moteurs. Hypocrite et menteuse en jupe grise et chemisier blanc. Ses cheveux noirs aplatis sur ses tempes bourdonnantes de stratégies infâmes. Je me dirigeai à regret vers la cabine d'ascenseur, car j'avais une érection. Quitter une femme vous fait revenir plusieurs années en arrière sans pour autant vous rajeunir. Au contraire, ça vous vieillit.

Je choisis de rejoindre les Batignolles par les boulevards extérieurs afin d'être ralenti par les embouteillages dus aux travaux du futur tramway. Je voulais me donner le temps de réfléchir. J'étais sûr qu'Annabel me reprendrait, car ce serait de nouveau pour elle le bon moyen de récupérer Fabien. Il ne la supportait pas, mais n'admettait pas qu'elle pût être à quelqu'un d'autre – définition de la névrose obsessionnelle (Saverio *dixit*) – et il saurait cette fois-ci que ce quelqu'un d'autre était moi : ça le ferait revenir plus vite. Je me voyais entrer dans l'appartement, ranger mes affaires sur les étagères réservées à Fabien, à moins qu'il n'y eût désormais les vêtements du bébé, et m'installer devant la fenêtre avec mon enfant dans les bras. Plus tard dans la soirée, j'essuierais des rafales de « Tu es con ». Je me sentirais de nouveau comme un immigré menacé d'expulsion le jour où mon frère montrerait sa fraise. Je n'avais pas les papiers du pays d'Annabel. J'étais entré en elle clandestinement et chaque jour était une lutte pour ne pas en être banni. Mon enfant profiterait du droit du sol, pas moi. Je restais, pour Annabel, un étranger. Peut-être un inconnu.

Porte de la Muette, porte Dauphine, porte des Ternes. La porte de Champerret se rapprochait dangereusement. J'y arrivai sans avoir décidé si je monterais ou non chez la fiancée de mon frère et mère de mon fils pour y finir l'après-midi, ou mes jours. Je m'engageai dans l'avenue de la Porte-de-Champerret que suit l'avenue de Villiers. Place du Maréchal-Juin, l'ancienne gare de la Petite Ceinture semble abandonnée alors qu'elle dessert le RER C (Pontoise –

Argenteuil/Versailles – Rive gauche). Il y a un manège sur la place Prosper-Goubaux, poète romantique (1795-1859) ayant fondé le lycée Chaptal. Je me sentais peu à peu repris par la magie bleue du XVIIe arrondissement, celle de la fumée de la cigarette de Mallarmé dans le portrait de Manet. Du boulevard des Batignolles, on voit le Sacré-Cœur comme sur l'écran panoramique d'un film américain des années 1960 en technicolor. Cette montée vers un destin radieux, radieusement poétique, me parut soudain, au feu rouge de la rue de Rome, une plongée dans l'enfer d'Annabel. J'avais l'impression de me glisser, nu, dans une chambre froide. Chaque rue, boutique, arbre me paraissait un objet hostile, coupant. Pourquoi vouloir récupérer mon fils puisque j'avais reconnu celui de Sophie ? C'était donc celui-là, le mien. L'autre n'était à personne, puisque Annabel n'était personne. C'était elle qui me l'avait dit.

Tandis que je faisais plusieurs fois l'aller-retour entre la place Prosper-Goubaux et la place de Clichy, prenant comme prétexte l'impossibilité de me garer pour retarder le moment d'aller chez Annabel, celle-ci persuadait au téléphone mon frère, ma mère et Sophie qu'elle n'avait jamais eu de relation sexuelle avec moi – « Quelle horreur ! » dit-elle notamment à la fromagère, que ça agaça –, que j'avais tout inventé et que son fils était l'enfant du vieux mec de cinquante ans avec qui elle avait couché deux ou trois fois après son retour de Budapest. Ils avaient mis des préservatifs, l'un d'entre eux avait dû être défectueux.

Après le retour d'Annabel aux Batignolles, Fabien ne voulait plus rester à Neuilly. Catherine lui avait proposé de se réfugier à Marolles. Il préféra habiter chez un copain acteur dans une des jolies maisons particulières de la rue Ernest-et-Henri-Rousselle, non loin de la place de l'Abbé-Georges-Hénocque, dans le XIIIe arrondissement de Paris. Les comédiens logent volontiers les uns chez les autres, ils ont l'habitude de vivre en groupe. Ça leur rappelle les tournages, les tournées.

Catherine rendit visite à mon frère la veille de sa mort. Sa mort à lui. Notre mère n'est pas morte – je devrais dire ma mère, puisque ce n'est plus celle de Fabien. Mais ce n'est plus la mienne non plus, puisqu'elle m'a rejeté. Ce jour-là, justement. En fin d'après-midi. Peut-être la première maman au monde à rompre avec son fils sur un téléphone portable. Catherine n'est plus la mère de personne mais est devenue une supergrand-mère qui veille sur ses deux petits-fils aux fausses identités, ainsi que sur leurs génitrices adultères. Dans la paix de Marolles, d'où Saverio, qui faisait trop de bruit avec ses matches de tennis télévisés et ses improbables envolées idéologiques pour que les trois femmes puissent se concentrer comme il convient sur le culte de Fabien Verbier (1972-2005), a désormais été chassé.

Personne ne m'a raconté la scène de la rue Ernest-et-Henri-Rousselle, mon frère étant décédé et Catherine ne m'adressant plus la parole, mais je l'imagine sans difficulté. Ne sont-ils pas tous deux une partie de moi aujourd'hui disparue mais non oubliée ? Catherine marche dans la rue. Maisons d'un étage : crème, roses, rouges, bleues. On est le lundi 20 juin 2005, puisque Fabien a eu son accident le 21. Plus exactement dans la nuit du 21 au 22, vers 1 heure 30. Le solstice de juin. *Le Solstice de juin* d'Henry de Montherlant a paru chez Grasset en 1941, date à laquelle l'auteur des *Jeunes Filles* avait vendu 80 000 exemplaires du *Songe*, 172 000 des *Bestiaires* et 72 000 des *Célibataires*, pour ne citer que ses plus gros succès. Il a préféré, pour se donner la mort, le 21 septembre 1972, un autre de ses titres : *L'Équinoxe de septembre* (12 000 exemplaires vendus en 1941). Fabien ne s'est pas donné la mort : sa mère la lui a apportée. Comment, à moins d'avoir une preuve évidente, savoir si un accident de moto n'est pas un suicide ?

Face à face, les deux gravures de mode démodées. Elle ramasse à coups de sourires vagues et de gestes saccadés les morceaux épars de sa beauté ancienne, il est blessé au cœur de sa fierté guère masculine. Ils se regardent, s'embrassent. Comment, tellement au-dessus du commun des mortels par la perfection de leurs traits et de leurs formes, se retrouvent-ils atteints par lui ? C'est injuste, pensent-ils.

– Mon pauvre fils, dit Catherine.

– Je ne suis pas pauvre.

– Mon riche fils.

– Ma pauvre maman.

– Je ne suis pas pauvre non plus.

– Par rapport à moi, si.

Ils rient. Toutes ces années où ils ont ri ensemble. En secret des autres. Contre eux. Où ils se sont compris à demi-mot. D'un regard. Ils sentent qu'une menace pèse sur la planète qu'ils ont fabriquée à la naissance de mon frère et sur laquelle ils vivent seuls depuis lors, ne s'autorisant que de courtes incursions dans le monde extérieur – excursions me paraît même un terme plus approprié tant ils me donnaient l'impression d'être des touristes de la vie –, Fabien pour tourner des films, Catherine pour nourrir sa famille.

– Ce qui me choque, dit mon frère, ce n'est pas que Tom ne soit pas de moi, c'est que Gilles ait essayé de me faire croire qu'il était de lui.

– Dès le premier jour, j'ai vu qu'il était tombé amoureux fou d'Annabel.

Je triche un peu avec l'histoire, ce qui n'est pas grave puisque c'est la mienne, Catherine m'ayant dit cette phrase quelques minutes plus tard sur son téléphone mobile. Mais peut-être l'avait-elle dit aussi, quelques minutes plus tôt, à Fabien ?

– Que vas-tu faire ? demanda-t-elle.

Elle prenait la main de son fils préféré, ou bien le tenait par le cou. Il se peut aussi qu'elle lui donnât de petits baisers sur la joue, le nez ou le front, comme elle faisait, des années auparavant, quand il égarait un jouet, s'était disputé avec ses copains de classe ou de cheval. Pour les mauvaises notes, elle était intraitable, le laissant pleurer dans son coin. C'était à moi, alors, de le consoler : « La Terre ne va pas s'arrêter de tourner parce que tu as eu un D en maths ! » Je l'ai tellement bien consolé qu'il a foiré ses études, comme beaucoup de stars du grand et du petit écran.

– Il n'y a rien à faire. Je n'ai pas épousé Annabel et n'ai pas reconnu Tom.

– Est-ce que tu les aimes ?

– Tom, non. C'est un bébé, et de plus, pas le mien. Annabel, je ne sais pas. En vérité, je me pose la question depuis qu'on est ensemble et n'ai pas encore trouvé de réponse. Ce doit être pour ça qu'on se sépare sans arrêt. J'ai l'impression qu'on n'a fait que ça. Entre nous, ce n'est pas une histoire d'amour, c'est une histoire de séparations. Au pluriel.

– L'amour, ça consiste peut-être à se demander tout le temps si on aime quelqu'un.

– Dans ce cas-là, j'aime Annabel. Beaucoup.

– Qu'est-ce qui t'empêche de te remettre avec elle ?

– Elle m'a trompé.

– Tu l'avais quittée.

– Elle a eu un enfant avec un autre.

– Elle n'en savait rien.

– Elle a quand même couché avec lui.

– Avec préservatif.

– Efficace, le préservatif !

– Elle n'a pas eu de chance.

– Maman, je ne me vois pas élever un enfant qui n'est pas de moi. C'est au-dessus de mes forces.

– Et vivre sans Annabel ?

Je comprends aujourd'hui que mon frère était, comme moi, obsédé, taraudé, bouleversé par Annabel, ce qui explique ses incessants revirements d'humeur à son endroit. Je comprends aussi que Catherine n'aurait jamais dû poser cette question – mais l'a-t-elle posée ? – dont la réponse était que mon frère ne pouvait vivre ni avec ni sans Annabel, et donc ne pouvait pas vivre. Enfin, c'était presque un crime de lui dire ce qu'elle lui dit avant de quitter la maison et de téléphoner.

Je suis sûr que Catherine était venue plaider, dans le XIIIe arrondissement, en faveur d'Annabel, sinon elle n'aurait pas fait cause commune avec la jeune femme dès la mort de Fabien. Ne l'aurait pas laissée occuper toute cette place dans sa vie. Et il y en a beaucoup, de la place, puisque mon frère a disparu et que je ne tiens plus la mienne. Elle non plus ne pouvait pas vivre sans Annabel. Cette fille a quelque chose d'envoûtant à quoi nul homme et nulle femme ne résistent, sauf elle-même. Annabel, au contraire de tous les gens qui l'approchent, n'arrive pas à tomber amoureuse de ce qu'elle est. L'indifférence, sœur muette du dégoût. On croit qu'une personne nous laisse froide alors qu'elle nous répugne trop pour que nous ressentions quoi que ce soit pour elle. Annabel se détestait. La source de sa séduction ?

Quand Catherine m'appela, j'entendis les bruits de la rue derrière sa voix râpeuse et verte. Elle tenta de mettre une certaine solennité dans l'annonce de sa rupture avec moi. Une indignation de JT de 20 heures. J'étais un criminel et subirais en conséquence le supplice antique du bannissement de la cité de Marolles. Tous les parents devraient se séparer de leurs enfants quand ceux-ci arrivent à l'âge adulte, car ils ne sont plus des enfants. Je répondis à ma mère avec une simplicité affectueuse et enjouée, comme si elle m'avait annoncé l'annulation d'un déjeuner en ville ou d'un week-end à Marolles. M'a-t-elle quitté pour venger Fabien ou pour me punir d'avoir guigné la proie qu'elle-même convoitait et qu'elle a fini, vieille lionne rusée et amère, par emporter, dans sa gueule pleine de dents, au fond de son repaire de la Brie, désormais déserté de tout mâle ?

La nuit, j'éteins le téléphone portable, pas le fixe. Celui-ci sonna à 3 heures du matin. Je me dis qu'Annabel m'appelait pour me dire qu'elle m'aimait et exigeait que je la rejoignisse immédiatement aux Batignolles. Je décrochai, plein d'un espoir que je jugeai insensé, absurde. Quelqu'un hurla dans mon oreille :

– Fabien est mort !

Homme ou femme ? J'aurais dit homme, si j'en avais eu un dans mon entourage. C'était Sophie. Brûlée par le chagrin comme par une torche. Elle alternait larmes, gémissements et cris. Pourtant c'était mon frère, pas le sien. Je lui demandai comment c'était arrivé. Fabien avait fait une chute à moto sur le boulevard périphérique. Motard accompli, il ne serait jamais tombé tout seul, sauf sous l'empire de la drogue ou de l'alcool. Ou des deux, puisqu'il avait l'habitude de les mélanger. Il revenait, en effet, d'une soirée. Comment Sophie le savait-elle ? Il lui avait téléphoné avant. Ils devaient déjeuner ensemble aujourd'hui au Bistro 121, rue de la Convention. Il avait choisi un restaurant proche de chez elle, car il voulait qu'elle amène le bébé. Les larmes de Sophie coulaient maintenant à gros bouillons, noyant ses explications dans un fracas d'eau.

– Qui t'a prévenue ?

– Annabel. Ta mère venait de l'appeler.

Je me demandai si Catherine m'aurait averti du décès de Fabien, n'eût-elle pas été certaine que Sophie le ferait. Elle pouvait s'épargner cette peine : dès l'aube, la nouvelle serait sur toutes les radios. La punition de la fromagère pour m'avoir trompé avec mon frère sera donc de vivre toute sa vie sans savoir ce que Fabien avait l'intention de lui dire, ce jour-là, au Bistro 121. Que c'était elle qu'il aimait ? Qu'il voulait qu'elle s'installe à Puvis avec l'enfant ? À chaque fois que nous évoquons mon frère, notamment lors de la rediffusion d'un de ses films à la télé, je vois cette interrogation passer comme une étoile filante derrière les petites lunettes carrées de mon épouse, et se perdre dans la nuit de son cerveau.

Le soir de mon explication avec Fabien à La Truffe noire, j'avais tourné en voiture dans les XVIIe et XVIIIe arrondissements pendant une heure ou deux avant de me rendre avenue Reille où je m'étais installé. Je demandai à Sophie si elle avait besoin de quelque chose.

– Oui : que tu sois près de moi.

– Comment va le bébé ? demandai-je afin de me donner le temps de réfléchir.

– Mon Dieu, c'est tout ce qui me reste...

En pensée je finis la phrase pour elle : de Fabien. Comment pouvait-elle être sûre que Jean était le fils de mon frère ? C'était un bébé et les bébés ne ressemblent à personne. Nous n'avions pas fait de test ADN. Peut-être la fromagère en avait-elle fait un à mon insu ? C'était moi qui possédais un cheveu de mon frère, pas elle. Elle avait pu, lors de leurs étreintes hongroises, lui en arracher quelques-uns, conservés avec soin au fond d'une de ces innombrables petites boîtes décoratives dont elle faisait la collection.

Les morts, dans notre esprit, deviennent aussitôt les enfants qu'ils ont été. Je revoyais Fabien à cinq, dix, quinze ans. Je l'avais tout de suite aimé. Mes copains d'école ou de cheval me reprochaient de m'en occuper comme si j'étais sa sœur. Dans ma famille, on avait inventé pour moi l'expression frère poule. C'était l'époque où la télévision diffusait en boucle la série *Papa Poule*, avec Sady Rebbot. Le comédien, décédé à Paris le 12 octobre 1994 et inhumé au cimetière de Thiais (Val-de-Marne), était tellement le personnage que je croyais qu'il avait vécu, écrit et tourné cette histoire dont l'auteur est Daniel Goldenberg. Je n'en ratais pas un épisode. Je rêvais d'avoir, moi aussi, une grande maison avec plein d'enfants dedans. Elle existe : elle se trouve à Marolles. N'ai plus le droit d'y aller.

Fabien fut un bébé calme et un enfant docile. Je garde tout, sauf les photos des gens : trop abondantes sources de mélancolie. Mais j'ai peint plusieurs fois mon petit frère à l'aquarelle. Ce carton 10 x 15 cm, daté du 12 juillet 1980 : nous étions en vacances à Arcachon. Mon père aimait Arcachon. Il se levait tôt le matin et sillonnait la ville à pied : le boulevard de l'Océan, le boulevard Gounouilhou, le boulevard Veyrier-Montagnères, le boulevard de la Plage, l'avenue de Lamartine et la rue Hovy où se trouvait notre hôtel, Les Ormes. Sur Internet, il n'y a pas les prix des hôtels d'Arcachon en 1980. J'ai regardé dans un vieux Guide Michelin. La pension complète par personne : 300/330 francs. Qu'est-ce qui plaisait tant à Papa dans cette station balnéaire, climatique et thermale du sud-ouest de la France ? Il est parti avec son mystère, Fabien avec sa misère. Mon petit frère à huit ans sur la terrasse des Ormes : la tête qui penche sous le poids de la masse blonde de ses cheveux. Ses longs yeux bleus ouverts. Il porte un sweat vert foncé sur son épaule droite et vert clair sur son épaule gauche. Il a l'air mélancolique, comme s'il regardait sa mort dans le vide qu'il scrute. Catherine avait déjà pour lui cette fascination sombre et muette qui n'était guère maternelle ; c'est auprès de moi que Fabien trouvait l'affection d'une maman. Plus tard, il me fallut aussi remplacer Papa. Quand Fabien affirma, par son physique prodigieux et son caractère de fer, sa souveraineté sur son entourage, je me soumis à son autorité dont il abusa pour me prendre tout ce que j'avais si peu : le droit d'aînesse et la vague attention peinée que m'accordait Catherine. Acharné à me supplanter dans le cœur et l'esprit de tous les gens que nous fréquentions. Je lui abandonnai les dépouilles de mon pouvoir passager et allai vivre ma vie dans les livres et les restaurants. Mais c'était encore plus qu'il n'en pouvait supporter : il traquait mes articles et mes lectures comme s'il voulait les éliminer de la surface de la terre. Lui vint alors le soupçon que je le méprisais, ce qui me donna l'idée de le faire. Il lui fallut accumuler les triomphes à l'écran pour neutraliser ce sentiment désagréable, mais je savais qu'il me suffisait d'un sourire adroit ou d'une phrase volontairement de trop pour le réinjecter en lui.

Je dis à Sophie que je ne la rejoindrais pas rue de l'Abbé-Groult : il était trop tard et j'avais un rendez-vous important au journal dans la matinée. Je n'avais pas perdu mon travail, mais ç'avait été moins une et je devais faire acte de présence. Je lui conseillai de débrancher son téléphone, de prendre un somnifère et de se coucher. Je lui rendrais visite dans l'après-midi. J'avais encore les clés de l'appartement. Avoir rendu les clés des Batignolles à Annabel m'avait traumatisé et, désormais, je ne rendrais plus jamais ses clés à quelqu'un. Je me recouchai et m'endormis. Au réveil, je n'allumai ni la radio, ni la télé. J'appelai Catherine, me demandant si elle aurait, un jour pareil, la force de me raccrocher au nez. Elle me dit que tout était de ma faute, alors que je sais maintenant que tout est de la sienne ; puis elle me raccrocha au nez avec force.

L'organisation des funérailles fut l'œuvre, jour et nuit, de Catherine, Sophie et Annabel. Elles installèrent leur QG rue de Rome, dans le bureau de l'attachée de presse. Marolles était trop excentré pour cette opération hautement parisienne, et Annabel pourrait utiliser, pour les faire-part et autres messages, sa batterie de coursiers. Logeant de nouveau rue de l'Abbé-Groult avec la fonction de soutien psychologique de la fromagère et baby-sitter de son enfant, j'avais chaque soir le compte rendu de cette gigantesque entreprise : rendre à Fabien Verbier les honneurs funèbres qui lui étaient dus. J'imaginais non sans une pointe d'amertume ce que seraient dans quelques années mes propres funérailles : messe discrète à Sainte-Jeanne-d'Arc et enterrement en catimini au cimetière de Montrouge. À moins que je n'exige, par voie testamentaire, d'être expédié au cimetière des Batignolles. Après tout, c'est aux Batignolles que je suis né. Il y eut une lutte violente entre, d'un côté, Catherine, et, de l'autre, Sophie et Annabel, sur le lieu où serait inhumé Fabien. La fromagère et l'attachée de presse auraient préféré Montparnasse, mais la mère du mort eut le dernier mot : le cimetière de Marolles, ville devenue depuis lors un haut lieu touristique de la Brie.

Le seul moment où la famille d'une star tient le rôle principal, c'est au décès de celle-ci. Nous nous trouvions au premier rang de la salle, je veux dire de l'église, la mère coupable (Catherine), les deux veuves (Annabel, Sophie), le faux orphelin (Tom), le vrai orphelin (Jean) et le frère puni (moi). L'une des rares fois où j'ai vu Annabel en jupe. Noire, par surcroît. Sophie avait englouti une petite partie de ses économies dans l'achat d'une robe Saint Laurent. Noire, elle aussi. Je ne me souviens plus de ce que portait ma mère. Tout ce que je me rappelle, c'est qu'elle ne m'a dit ni bonjour ni au revoir. Et qu'après nous ne nous sommes jamais revus. Avec les deux bébés, Tom dans les bras d'une nounou philippine et Jean dans ceux d'Isabelle, la sœur de Sophie, on aurait pu croire à un baptême, n'eût été le cercueil de mon frère occupant la travée centrale. Derrière nous, tout le cinéma français. J'avais l'impression d'assister à la dernière cérémonie des césars où Fabien n'avait obtenu aucune récompense. J'entendais des actrices sangloter et me demandais si c'était parce que mon frère avait couché avec elles. Sophie et Annabel devaient se poser la même question.

Catherine avait composé notre rangée de telle façon que je me trouve le plus loin possible d'Annabel, assise à l'extrême droite, juste à côté de la dépouille. Venaient ensuite Catherine, puis Sophie. Il y avait une expression nouvelle sur le visage de la fromagère. L'expression de qui occupe une position stratégique. Elle savait bien qu'un jour ou l'autre elle prouverait au monde entier, et donc à Catherine, qu'elle était la mère du fils de Fabien, ce qui, une fois le numéro un hors de course, la propulserait à la première place dans son classement du clan Verbier. Elle avait en quelque sorte fabriqué un nouveau Fabien et, jusqu'à la majorité de celui-ci, ce serait à elle de régner sur nous. De régenter notre vie qui tournerait autour du comédien disparu. Elle serait la régente. D'autre part, elle était mon unique moyen de communiquer avec Catherine et Annabel, et leur unique moyen de communiquer avec moi, tous les autres ponts entre nous étant rompus. La fromagère se trouvait à la fois au-dessus de la famille et au milieu d'elle. Je l'écoutais, à travers chants et larmes, savourer son triomphe dans sa tenue de deuil, la première robe de haute couture, m'avait-elle avoué à son retour de l'avenue Montaigne, qu'elle s'offrait.

Nous nous mariâmes le samedi 15 juillet 2005 à la mairie du XVe arrondissement. C'est ainsi que Sophie devint la belle-sœur du titre, et donc l'héroïne de mon livre. Nous n'avions convié ni Catherine ni Annabel, qui ne seraient pas venues. Nos témoins furent Isabelle, la sœur aînée célibataire de Sophie, et Saverio. Il m'avait téléphoné à la fin du mois de juin pour me dire que les choses entre ma mère et lui s'étaient gravement détériorées et qu'ils s'acheminaient vers une séparation à l'amiable, suivie d'un divorce propre : ils n'avaient aucun bien en commun. Dans ce cas, Saverio retournerait vivre en Italie. Il en avait marre de la France. C'était un pays d'imbéciles. La fermeture de la Samaritaine par LVMH lui avait fait un choc, et, dans le gouvernement Villepin, il n'y avait selon lui que des incapables, le Premier ministre compris. Je lui demandai s'il avait quelque chose à faire, le 15 juillet prochain. Il dit qu'il ne savait pas s'il serait encore en France à cette date, et je lui conseillai d'y être, car je me mariais ce jour-là et je l'avais choisi comme témoin. Il rit.

– Si tu savais comme ça me fait plaisir...

Je me dis que, s'il n'y avait pas eu Fabien, je me serais peut-être, pendant toutes ces années, bien entendu avec Saverio. Mon frère lui en voulait d'avoir épousé notre mère alors que ça m'était un peu égal.

Notre unique invité : Jean. Qui dormit dans les bras d'Isabelle pendant la cérémonie, comme à Saint-Sulpice. Tout Fabien. Il ne se réveilla que dans la rue Péclet, quand nous sortîmes de la mairie. Sophie avait prévu un biberon qu'elle sortit de son sac à main. Elle avait enterré mon frère en Saint Laurent et se maria avec moi en Prada : joli tailleur blanc qui avait, dit-elle, fini de la ruiner. Elle me demanda ce que ça me faisait d'avoir épousé une pauvre. Elle aurait dû me demander ce que ça me faisait d'avoir épousé une femme que je n'aimais pas. Je lui aurais répondu : rien. Non : quelque chose. Que ça me faisait quelque chose.

Isabelle devait retourner tout de suite à Angers où elle enseigne l'anglais dans un collège technique. Tandis que les deux sœurs s'étaient mises à l'écart pour discuter de choses qui n'intéressaient ni Saverio ni moi, l'Italien me prit le bras et me dit qu'il avait une révélation à me faire. Il ne savait pas s'il avait le droit de me la faire, mais sentait qu'il en avait le devoir. Lors de sa dernière rencontre avec Fabien, rue Ernest-et-Henri-Rousselle, Catherine avait appris à son fils qu'il n'était pas celui du pharmacien, mais du peintre avec qui notre mère avait vécu avant Papa. Ils avaient recouché ensemble, en 1971, dans un hôtel du Quartier latin. Pour voir. Ils avaient vu qu'ils ne s'aimaient plus, mais trop tard : ils avaient fait un enfant.

– Pourquoi lui a-t-elle dit ça ?

– Pour lui expliquer que le père n'a aucune importance, que c'est la mère qui compte.

– Fabien adorait Papa.

– Ça énervait ta mère. Elle ne comprenait pas ce que son fils trouvait à son mari qui n'était pas le père de son fils.

– Tu le savais, toi ?

– Oui : elle me l'a dit, quelques jours après notre rencontre. Fabien croyait que je prenais la place de son père alors que c'était celle de son beau-père. Ça m'attendrissait. C'est pour ça que je supportais beaucoup de choses de lui.

– Comment a-t-il réagi quand elle lui a appris la chose ?

– Il a dit que ça le consolait, de n'être que ton demi-frère. Il se sentait moitié moins trahi.

Je ne pus m'empêcher de sourire. J'avais toujours aimé l'humour de Fabien : brutal, sévère et sans connotation culturelle.

– Tu crois qu'il s'est suicidé ? demandai-je.

– Il se suicidait tous les jours à l'alcool, à la drogue. C'était un garçon qui ne voulait pas vivre, seulement jouir, et la plus grande des jouissances c'est la mort.

– C'est de Freud ?

– Non, Sade plutôt.
– Deux auteurs qu'il n'avait pas lus.

Saverio me tapota l'épaule comme pour me dire que ça n'a pas d'importance, ce qu'on a lu ou pas. Il ne pouvait pas déjeuner avec nous et raccompagna, dans son auto, Isabelle à la gare Montparnasse. Je me retrouvai seul dans la rue de Vaugirard avec mon épouse qui n'était plus jeune et son enfant adultérin. Les titres des journaux bourdonnaient de la menace terroriste (56 morts et 700 blessés à Londres, le jeudi 7 juillet) qui ne me faisait ni chaud ni froid. La main de Sophie se glissa dans la mienne comme lors de notre première soirée dans un cinéma des Champs-Élysées. Elle me dit d'une voix triste qu'elle était heureuse ; je dis d'une voix heureuse que j'étais triste. Pour elle : ce n'était pas le mariage dont elle avait rêvé. Il était moins bien que l'enterrement de mon frère. Mais elle dit qu'elle préférait n'importe quel mariage à n'importe quel enterrement. Et répéta qu'elle était heureuse.

Chaque matin, depuis près de deux ans, je vois le visage de Fabien se dessiner sur celui de Jean. Je n'ai pas besoin de faire un test ADN pour savoir que mon fils est celui de mon frère. De mon demi-frère, pardon. Son nez droit se dégage du visage poupin de Jean. Ils ont les mêmes yeux bleus que ceux de l'aquarelle du 12 juillet 1980. Impossible que Catherine et Annabel n'aient pas remarqué cette ressemblance. Ni la ressemblance de Tom avec moi, si évidente sur les photos que Sophie me rapporte de Marolles. Mon épouse et ma mère savent désormais qu'Annabel leur a menti. Elles continuent de faire comme si c'était moi, le menteur. Ça m'est égal, car je ne les aime pas. La seule que j'aime, c'est Annabel, et elle sait, elle, qu'elle élève notre fils. Tandis que je prends soin, jour après jour, de mon petit frère ressuscité.